咖啡与茶
朋友圈系列

曹雪芹走进了巴尔扎克的朋友圈

⊙闵捷 编著

茫茫宇宙中，有一个不为人知的地方。
那里有无数的信号器闪烁如银河浩瀚。
在这条信号编织的星海背后，
藏有你从未见过的虚拟线上交际中枢，
它只存在于那些最最隐秘的传说中，
我们叫它做一超时空朋友圈。

值得一走的时空之旅

咖啡，陪伴着多少西方大师畅想著书；清茶，陪伴着多少中国大师冥思立说。一东一西相距万里，前前后后时隔数千年，大师们彼此未曾谋面，但当他们跨越时空来到一起，绝妙的精神裂变瞬间爆发！那些莫名的意识巧合、揪心的情感抒发、睿智的观念冲撞、销魂的词藻往来……将沉眠于固态的心灵彻底融化！智慧荡漾于星际之间，情感振颤于地轴两端。来吧，放下尘世的万般纠结，去走一趟大师级的时空跨越之旅……

——底　谓

目　录

朋友圈个人信息

曹雪芹

曹雪芹，名霑，号梦阮。

1715年生于中国南京。

世家子弟。曾祖、祖父、父亲、叔父皆任江宁织造，曾祖母为康熙乳母。

锦衣纨袴堕入茅椽蓬牖，感叹身世而敷演出惊世传奇。

书未成，泪尽而逝。

传世《红楼梦》八十回。

中国说部，登峰造极者，无若《石头记》。

奥诺雷·德·巴尔扎克。

1799年生于法国图尔。

新兴资产阶级。外祖父家经营呢绒织造，父亲曾任路易十六枢密院秘书官。

“拿破仑用剑没完成的事业，我要用笔来完成。”

生命终结于五万杯浓咖啡。

《人间喜剧》问世九十馀部。

被喻为普罗米修斯—希腊神话中给人类带来智慧火种的泰坦巨神。

开辟鸿蒙

La Genèse

巴尔扎克

分享了一个链接

这几天在超时空朋友圈被自己的名字刷屏，逐一点开才发现，亮点不是我，是一位名叫曹雪芹的中国人和他写的《红楼梦》……呼唤万能的朋友圈，谁有他的联络方式?

曹雪芹具有普鲁斯特的敏锐目光，托尔斯泰的同情心，谬西尔的才智和幽默，以及巴尔扎克洞察和再现整个社会自下而上各阶层的能力。（法国《鸭鸣报》）

我们或许可以把《人间喜剧》与曹雪芹的名著《红楼梦》类比，后者也是一部举世无双、博大精深的作品。比巴尔扎克的作品要早一个世纪。（法国驻华大使皮埃尔·毛磊1999年北京演讲）

中国有巴尔扎克全集的译本，已有半个多世纪了。然而，被称为武器及法律之母的法国，享有参加掠夺圆明园的“名誉”，两个世纪以来，却一直无暇关注《红楼梦》这部宇宙性的杰作，我们真该为属于中国的名著而骄傲了。中国人和我们均属同类的人，《红楼梦》便是最权威的一个明证，它将会感动西方人的心。（克洛德·罗《从东方来的巨著》）

雨果，大仲马，维尼，缪塞，乔治·桑，左拉，圣勃夫，歌德，陀思妥耶夫斯基，波德莱尔，法朗士，高尔基，卢卡契，普鲁斯特，茨威格，莫洛亚，莫里亚克，别林斯基，法比尤斯，巴拉迪尔，奥朗德，林纾

（法）雨果

沙发！巴尔扎克你也是很亮的呀！

在最伟大的人物当中，你是头等的一个；在最优秀的人物当中，你是最出类拔萃的一个。你的智慧是独一无二的，成就不是眼下说得尽的！你将所有的著作汇成一部《人间喜剧》，其实就是题为《历史》又有何妨？我们当代全部文明的来龙去脉都在其中，你撕开现实的帷幕，揭示最深沉和最悲壮的理想。（《在巴尔扎克葬礼上的致辞》）

亲爱的你看，我永远是第一个给你点赞的人！

（法）巴尔扎克

少……少来这一套，我永远记得你那些卑劣行径！真是罄竹难书！不但写文章攻击我，到处说我的坏话，还指使记者揭我的短！伟大诗人雨果就是这样对待朋友的吗？！

（《巴尔扎克通信集》）(>__<)

（法）雨果

我是有苦衷的呀，你难道忘了在《幻灭》里，你化身为卢斯托对吕西安说的话了吗？“写一篇攻击的稿子，比干巴巴的、看过即忘的赞美效果更好！”你倒是想一想，作为你的挚友，我在关键时刻是怎么对待你的？

(法)巴尔扎克

唉!没错……我也永远记得,1849年法兰西学术院院士补选时,你是唯一为我投赞成票的那个人。(..•˘_˘•..)

(法)维尼

看在上帝的份上,我也为你投了一票的!(„•́ . •̀„)

(法)雨果

总之,我家巴尔扎克超过塔西陀!上溯苏埃托!越过博马舍!直达拉伯雷!

(法)巴尔扎克

雨果你快够……阿黛尔才是你家的。(-_ -;)成为拿破仑、居维叶、奥康奈尔之后第四位大有作为的人,这才是我想扮演的角色。(ง •̀_•́)ง

另外,不要岔开话题。你既然拥有那么多中国藏书,能不能帮我找到这位名叫曹雪芹的中国人?

(法)左拉

您大概不知道,自己其实是个民主主义者,您花了毕生的精力为共和国、为未来的自由社会和自由信仰开辟了道路。

(法)巴尔扎克

左拉别闹,怎么你也来歪楼……雨果,雨果人呢?!

（德）马克思

巴尔扎克先生，在您最后的一部小说《农民》里，描写了一个小农为了保持住一个高利贷者对自己的厚待，如何情愿白白地替高利贷者干活，并且认为，他这样做，并没有向高利贷者贡献出什么东西。您深刻地揭露了，在资本主义生产占统治地位的社会内，非资本主义生产者也受资本主义观念的支配。（《资本论》）

为了把腐朽的一切扫除干净，英特纳雄耐尔就一定要实现！

（德）恩格斯

顶楼上！

巴尔扎克先生用编年史的方式几乎逐年地把上升的资产阶级在1816年至1848年这一时期对贵族社会日甚一日的冲击描写出来。您的作品是对上流社会必然崩溃的一曲无尽的挽歌。您的嘲笑是空前尖刻的，您的讽刺是空前辛辣的！我从您的《人间喜剧》里所学到的东西，要比从当时所有职业的历史学家、经济学家和统计学家那里学到的全部东西还要多！（《马克思恩格斯选集》第4卷）

满腔的热血已经沸腾，英特纳雄耐尔一定会实现！

（法）巴尔扎克

不明觉厉，你们两位确定是在说我？

（法）法朗士

巴尔扎克先生的确比任何人都善于使读者了解旧制度向新制度的过渡。从塑造形象的深度来说，也没有人比得上您。

另低调围观楼上的马恩CP。∠(ᐛ 」∠)_

（德）歌德

唔……在不可能的欲望与痛苦之间忽前忽后转换的气势与巧妙，借助于神怪之物产生最奇特的连锁反应，种种细节都令人赞叹不止啊！（《歌德谈话录》）

巴尔扎克先生，昨天晚上熬着病痛读了你的《驴皮记》，但愿我这把老骨头能尽快把第二部读完。

（法）波德莱尔

《人间喜剧》中的人物，上至豪门显贵，下至庶民百姓，哪怕是普通的看门人，都有非凡的才智，每一颗心灵都充溢着坚强的意志。正如您本人那样。（《浪漫主义艺术》）

(*•̀ㅂ•́)و

（前苏联）高尔基

一楼的雨果先生对我可没多大魅力。┐(´▽`)┌

我所想望的，是像巴尔扎克那样使人动心，使人快活的美妙的书。（《在人间》）

（法）普鲁斯特

来晚了！

巴尔扎克先生的小说赋予生活中千百种偶然性的事物以一种文学价值；您的人物再现手法，就像是从作品深处射出一道光，以凄切而混浊的光芒，穿透人物的全部生活。（《驳圣勃夫》）

另外，我说圣勃夫先生，你专注抹黑巴尔扎克先生二十年，也好意思来点赞？脸简直有这么大！

-__________-

（法）圣勃夫

每个评论家都有自己偏爱的猎物，而我就偏爱巴尔扎克。๑¯◡¯๑

（法）费利克斯·达文

你使美德光芒四射，使恶行黯然失色，你的作品既被智力平庸的人所理解，也能为政治家和哲学家所理解，既忠实于真实，又使每个人感到饶有兴味。（《十九世纪风俗研究导言》）

在我心里，巴尔扎克就是法国文坛上最勇猛的干将！我为巴尔扎克代言！(◕‿◕✿)

（法）莫洛亚

巴尔扎克先生，您的王国不在这个世界上。您的思想走在了科学之前一个世纪。读完《人间喜剧》全套著作，人们会发现您的帝国疆域如此辽阔，在这片疆土之上，智慧的太阳永不落。（《巴尔扎克传》）

做梦也没想到能在超时空朋友圈给您发评论！能在敝作《巴尔扎克传：普罗米修斯或巴尔扎克的一生》上签个名么？(\≧▽≦/)

（法）巴尔扎克

(−_−メ)别闹！你们是说好了一起来歪楼的吗？超时空流量可是很费神的！我提问的重点是，谁有《红楼梦》的作者曹雪芹的联络方式啊！！！

朋友圈小助手

巴尔扎克先生，何不试着复制《驴皮记》里的神秘代码？或许能得到您想要的一切。记得在好友验证消息里输入：南酒、烧鸭。我只能帮您到这里了。

林纾

和两位巨巨都互粉的我感觉前方高能。(=ω=)v

不朽者

L'Immortel

分享了一个链接

这几日在超时空朋友圈被"红楼梦"刷屏，逐一点开才发现，亮点是"死活读不下去的名著排行榜"，《红楼梦》竟排在榜首。

听了这话，不觉轰去魂魄，目瞪口呆。（《红楼梦》第三十三回）**（⊙_⊙；）**

【"死活读不下去"的名著排行榜→_→】1.《红楼梦》

2.《百年孤独》3.《三国演义》4.《追忆似水年华》5.《瓦尔登湖》6.《水浒传》7.《不能承受的生命之轻》8.《西游记》9.《钢铁是怎样炼成的》10.《尤利西斯》——你读过几本？

今之人貧者日為衣食所累富者又懷不足之心縱然一時稍閒又有貪淫戀色好貨尋愁之事那里有工夫去看那理治之書所以我這一段故事也不願世人稱奇道妙也不要世人喜悅檢讀只願你們當那醉淫飽臥之時或避事去愁之際把此一玩豈不省了些壽命筋力就比那謀虛逐妄却也省了口舌是非之害腿脚奔忙之苦再者亦令世人換新眼目不比那些胡牽亂扯忽離忽遇滿紙才人淑女子建文君紅娘小玉等通共熟套之舊稿我師以為何如空空道人聽如此話思忖半晌將石頭記再檢閱一遍因見上面雖有些指奸責佞貶惡誅邪之語亦非傷時罵世之旨及至君仁臣良父慈子孝凡倫常所關之處皆是稱功頌德眷眷無窮實非別書之可比雖其中大旨談情亦不過實錄其事又非假擬妄稱一味淫邀艷約私訂偷盟之可比因毫不干涉時世方

從頭至尾鈔錄回來問世傳奇因空見色由色生情傳情入色自色悟空遂易名為情僧改石頭記為情僧錄東魯孔梅溪則題曰風月寶鑑後因曹雪芹於悼紅軒中披閱十載增刪五次纂成目錄分出章回則題曰金陵十二釵並題一絕云

滿紙荒唐言　一把辛酸淚
都云作者痴　誰解其中味

出則既明且看石上是何故事按那石上書云當日地陷東南這東南一隅有處曰姑蘇有城曰閶門者最是紅塵中一二等富貴風流之地這閶門外有個十里街街內有個仁清巷巷內有個古廟因地方窄狹人皆呼作葫蘆廟廟傍住着一家鄉宦姓甄名費字士隱嫡妻封氏性情賢淑深明禮義家中雖不甚富貴然本地便也推他為望族了因這甄士隱稟性恬淡不以功名為念每日

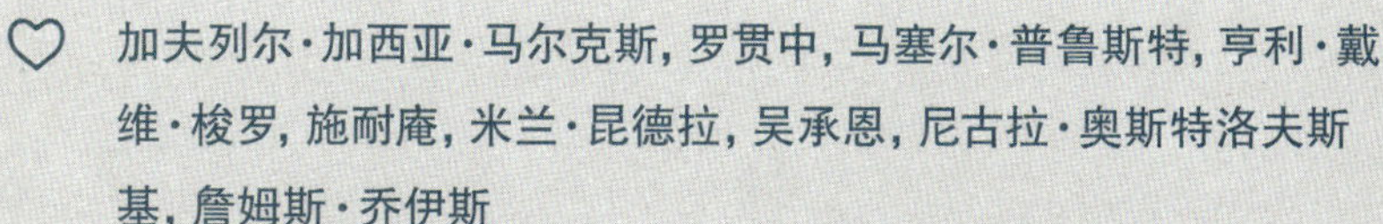

加夫列尔·加西亚·马尔克斯，罗贯中，马塞尔·普鲁斯特，亨利·戴维·梭罗，施耐庵，米兰·昆德拉，吴承恩，尼古拉·奥斯特洛夫斯基，詹姆斯·乔伊斯

[明]罗贯中

偕三国群英发来慰问电。从前是“少不看《水浒》，老不看《三国》”，现在是死活都不看了么？ ¯_¯ *|||

[明]施耐庵

偕梁山好汉发来慰问电。其实我更关心的是，《水浒传》和兰陵笑笑生那部同人小说，哪一部人气更高。

[明]吴承恩

代表齐天大圣、三界五行发来慰问电。以大圣今日之人气，此等排行榜当不足为惧。╮(╯_╰)╭

[清]曹雪芹

感谢楼上诸兄，感谢点赞的外国友人。仆有微言，不吐不快：

> 历来野史，或讪谤君相，或贬人妻女，奸淫凶恶，不可胜数。更有一种风月笔墨，其淫秽污臭，涂毒笔墨，坏人子弟，又不可胜数。至若佳人才子等书，则又千部共出一套，且其中终不能不涉于淫滥，以致满纸潘安，子建，西子，文君，不过作者要写出自己的那两首情

诗艳赋来，故假拟出男女二人名姓，又必旁出一小人其间拨乱，亦如剧中之小丑然。……逐一看去，悉皆自相矛盾，大不近情理之话。

（《红楼梦》第一回）

霸道总裁路人甲

我要让全世界都知道，我的膝盖已经被你承包了……Orz

［清］曹雪芹

楼上“膝盖”什么的，可是芸儿“父亲大人万福金安。男思自蒙天恩，认于膝下，日夜思一孝顺”（《红楼梦》第三十七回）之类的意思……？

我这部书——

> 虽不敢说强似前代书中所有之人，但事迹原委，亦可以消愁破闷，也有几首歪诗熟话，可以喷饭供酒。至若离合悲欢，兴衰际遇，则又追踪蹑迹，不敢稍加穿凿，徒为供人之目而反失其真传者。……我这一段故事，也不愿世人称奇道妙，也不定要世人喜悦检读，只愿他们当那醉馀饱卧之时，或避世去愁之际，把此一玩，岂（zěn）不（me）省（huì）了（sǐ）些（huó）寿（dú）命（bù）筋（xià）力（qù）？

（《红楼梦》第一回）

[清]脂砚斋

事则实事，然亦叙得有间架，有曲折，有顺逆，有映带，有隐有见，有正有闰，以致草蛇灰线、空谷传声、一击两鸣、明修栈道、暗渡陈仓、云龙雾雨、两山对峙、烘云托月、背面傅粉、千皴万染诸奇。（甲戌本第一回脂批）不独破愁醒盹，且有大益！（甲戌本第一回脂批）

这样好书竟还弃嫌！护驾的何在？

[清]黄遵宪

四零后护驾小分队在此！

《红楼梦》乃开天辟地，从古到今第一部好小说，当与日月争光，万古不磨者。（《黄遵宪与日本友人笔谈遗稿》）

林纾

五零后护驾小分队在此！

中国说部，登峰造极者，无若《石头记》。（《孝女耐儿传》序）

陈蜕盦

六零后护驾小分队在此！

《石头记》一书，骂尽无爱国心之一家奴隶，骂尽无真道德之同流合污。恨人心龌龊，恨邪说充塞，恨交际浮伪，恨社会不平等，恨家庭不平，恨男女不平，恨夫妇不平，恨奴主不平，叹婚姻不自由，恨言论不自由……综观始终，宝玉可以为共和国民，可以为共和国务员，可以为共和议员，可以为共和大总统矣！（《列石头记于子部说》）

朋友圈小助手

楼上不要激动，注意文明评论，理性追星。

王国维

七零后护驾小分队在此！

夫以人生忧患之如彼，而劳苦之如此，苟有血气者，未有不渴慕救济者也。不求之于实行，犹将求之于美术，独《红楼梦》者，同时与吾人以二者之救济。人而自绝于救济则已耳（自己放弃治疗也就算了），不然，则对此宇宙之大著述，宜如何企踵而欢迎之也？（《红楼梦评论》）

鲁迅

八零后护驾小分队在此！

《红楼梦》叙述皆存本真，闻见悉所亲历，正因写实，转成新鲜。（《中国小说史略》）单是命意，就因读者的眼光而有种种：经学家看见《易》，道学家看见淫，才子看见缠绵，革命家看见排满，流言家看见宫闱秘事。（《〈绛洞花主〉小引》）现在的读者不看倒罢了，无须有那些呜呼阿呀死死活活的调子。（《"民族主义文学"的任务和运命》）

张爱玲

《红楼梦》在我是一切的源泉。（《红楼梦魇》）

朋友圈小助手

雪芹大大这华丽丽的后援团阵容啊~~~☆_☆

［清］曹雪芹

天下的事，真是人想不到的！简直是天上缘分了。也罢，读与不读，皆是：

人生情缘，各有分定。从此后，只是各人各得眼泪罢了。（《红楼梦》第三十六回）恰似那龄官划蔷，痴及局外。——

伏中阴晴不定，片云可以致雨，忽一阵凉风过了，刷刷的落下一阵雨来。宝玉看着那女子头上滴下水来，纱衣裳登时湿了。宝玉想道：“这时下雨，他这个身子，如何禁得骤雨一激！”因此禁不住便说道：“不用写了。你看下大雨，身上都湿了。”那女孩子听说倒唬了一跳，抬头一看，……一则宝玉脸面俊秀，二则花叶繁茂，上下俱被枝叶隐住，刚露着半边脸，那女孩子只当是个丫头，再不想是宝玉，因笑道：“多谢姐姐提醒了我。难道姐姐在外头有什么遮雨的？”一句提醒了宝玉，“嗳哟”了一声，才觉得浑身冰凉。低头一看，自己身上也都湿了。说声“不好”，只得一气跑回怡红院去了，心里却还记挂着那女孩子没处避雨。

（《红楼梦》第三十回）

张翠山

雪芹先生这段故事，使我想起了钱塘江畔，同素素一人一舟并肩而行的时光：

张翠山走了一会，不自禁的顺着她的目光一看，却见东北角上涌起一大片乌云。当真是天有不测风云，这乌云涌得甚快，不多时便将月亮遮住，一阵风过去，撒下细细的雨点来。江边一望平野，无可躲雨之处，张翠山心中惘然，也没想到要躲雨，雨虽不大，但时候一久，身上便已湿透。只见那少女仍是坐在船头，自也已淋得全身皆湿。张翠山猛地省起，叫道：“姑娘，你进舱避雨啊。”那少女“啊”的一声，站起身来，不禁一怔，说道：“难道你不怕雨了？”说着便进了船舱，过不多时，从舱里出来，手中多了一把雨伞，手一扬，将伞向岸上掷来。张翠山伸手接住，见是一柄油纸小伞，张将开来，见伞上画着远山近水，数株垂柳，一幅淡雅的水墨山水画，题着七个字道：“斜风细雨不须归。”（《倚天屠龙记·皓臂似玉梅花妆》）

朋友圈小助手

武侠界也向雪芹大大发来慰问电啦！\(≧∀≦)/

张爱玲

真要读不下去，除非是续书那些附骨之疽。小时候看《红楼梦》看到八十回后，一个个人物都语言无味，面目可憎起来。弥罗岛出土的断臂维纳斯装了义肢，在国际艺坛上还有地位？（《红楼梦魇》）

[清]高鹗

楼上几个意思！(╯`口′)╯︵┻━┻

[清]畸笏叟

余只见有一次誊清时，与“狱神庙慰宝玉”等五六稿，被借阅者迷失，叹叹！（《红楼梦》第二十回脂批）

张爱玲

我一直恨不得坐时间机器飞了去，到那家人家去找出来抢回来！有人说过“三大恨事”是“一恨鲥鱼多刺，二恨海棠无香”，第三件不记得了，也许我下意识地觉得应当是“三恨《红楼梦》未完”。（《红楼梦魇》）

朋友圈小助手

雪芹先生，他们读或不读，红迷都在那里，不离不弃。

林纾

另有一个巧宗儿，有位法兰西……哦不，是有位福朗思牙的巴尔扎克先生正在好友验证上候着曹公呢！区区译过他四部短篇，收在《哀吹录》里，端的是词藻警人，馀香满口。

[清]曹雪芹

知道了。外国的汉子也就难为他了。

试遣愚衷

La Connaissance

巴尔扎克

你如果占有我，你就占有一切。但你的生命将属于我。这是神的意旨。许愿吧，你的欲望将得到满足。但心底欲望须用你的生命来抵偿。你的生命就在这里。每当你的欲望实现一次，我就相应地缩小，恰如你在世的日子。你要我吗？要就拿去。神会允许你。但愿如此！

（《驴皮记》）

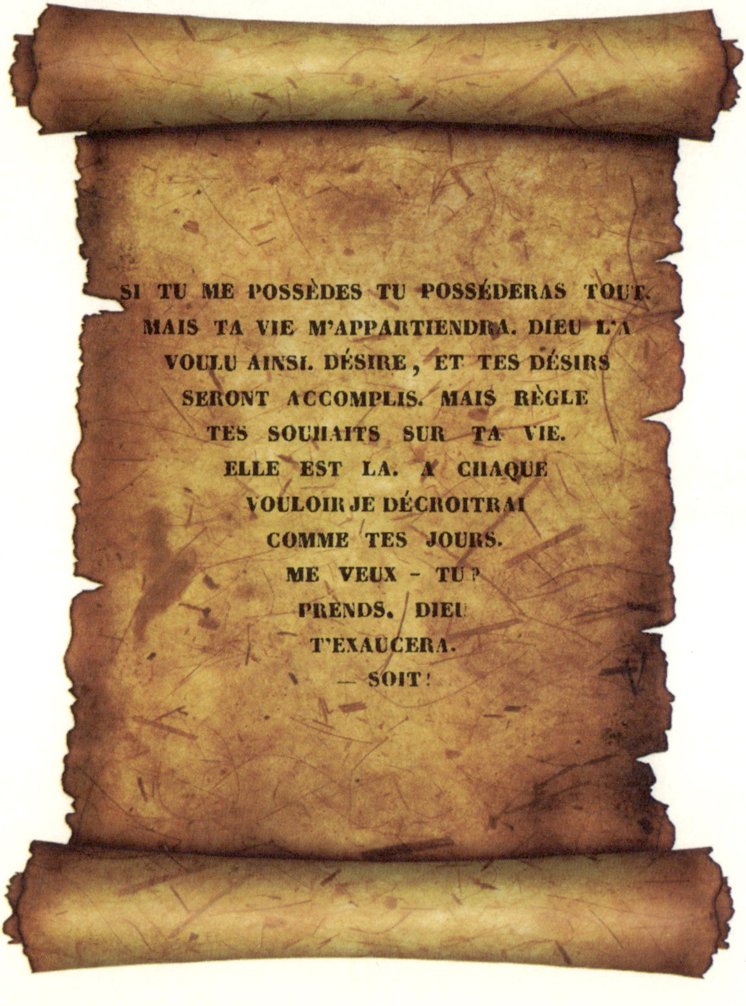

SI TU ME POSSÈDES TU POSSÉDERAS TOUT.
MAIS TA VIE M'APPARTIENDRA. DIEU L'A
VOULU AINSI. DÉSIRE, ET TES DÉSIRS
SERONT ACCOMPLIS. MAIS RÈGLE
TES SOUHAITS SUR TA VIE.
ELLE EST LA. A CHAQUE
VOULOIR JE DÉCROITRAI
COMME TES JOURS.
ME VEUX - TU?
PRENDS. DIEU
T'EXAUCERA.
— SOIT!

雾月 无花果日 删除

♡ 巴尔扎克，雨果，霍克斯，翟理斯，赛珍珠，史景迁，瓦西里耶夫，艾德林，格鲁勃，赫尔曼·黑塞，弗兰茨·库恩，阿梅尔·盖尔纳，李治华，雅歌，铎尔孟，林纾

（法）巴尔扎克

我创造的这张驴皮，从最轻微的到最强烈的愿望，都毫厘不爽。（《驴皮记》）

愿曹雪芹通过我的好友验证！

（法）雨果

(¯ɪ¯ ;)自己给自己点赞也是蛮拼的……我也来帮你攒人品吧！

［清］曹雪芹

巴兄，这厢有礼了。你这驴皮……

倒与太虚幻境空灵殿上，警幻仙子所制，专治邪思妄动之症，有济世保生之功的风月宝鉴有些相似。（《红楼梦》第十二回）

［清］脂砚斋

雪芹通过了巴尔扎克的好友验证……强势围观。<(¯^¯)>

朋友圈小助手

其实更加好奇，楼上到底是谁，又是怎么跟巴尔扎克先生互粉的……(˚_ʖ˚)

（法）雨果

雪芹阁下，幸会幸会！我是法国著名文人雨果。

(•̀ ∀ •́)✧

首先，请容我为那两个叫作法兰西和英格兰的强盗火烧圆明园事件道歉！

有朝一日，解放了的干干净净的法兰西会把这份战利品归还给被掠夺的中国，那才是真正的物主。（《就英法联军远征中国给巴特勒上校的信》）

（法）巴尔扎克

雨果你你你……原来趁我发第一条朋友圈的时候，已经抢先和雪芹阁下互粉了！(╯>^<)╯︵┻┻

［清］曹雪芹

雨果先生口中的“法兰西”……莫非就是海西福朗思牙？当年只闻贵国国土膏腴，物力丰富，盛产金星玻璃宝石，名为“温都里纳”。（《红楼梦》第六十三回）

怎么后来竟做起了强盗？

（法）巴尔扎克

雪芹阁下竟然连verre aventurine都知道！都说您和我一样，是百科全书式的人物，果然不假！

我父亲非常热爱中国，他给我讲过许多关于中国和中国人的故事。我从十五岁开始阅读，凡是人们从书本上所能了解的中国，我全都知道。（《中国和中国人》）

谁知却错过了您的《红楼梦》！你们中国人有句诗说得好：君生我未生……

（法）安托尼·巴赞

作为楼上的同龄人，我表示自1841年起就在东方语言文化学院的课堂上介绍《红楼梦》了。

［清］脂砚斋

呵呵，没的打嘴现世！雪芹莫再理他。

［清］曹雪芹

无妨。我听说，巴尔扎克先生亦是情深不寿……

茜纱窗下，我本无缘，黄土垄中，卿何薄命。（《红楼梦》第七十八回）

（法）巴尔扎克

咳咳……不如先作个自我介绍：我是驻巴黎第一兵团军需官贝尔纳·弗朗索瓦的儿子，子爵秘书约瑟夫·萨朗比耶的外孙。我外公家是祖传的呢绒织造商。我全名奥诺雷·德·巴尔扎克，哦对了，在我们国家，“德”是贵族的标志。

路人乙

呵呵，楼上的“德·巴尔扎克·德·安塔格·德·石榴园先生”，欠我们歌剧院的包厢费快点付一下好吗？

（法）巴尔扎克

不论有没有这个标志贵族出身的“德”字，我的姓氏价值都相同！（《〈幽谷百合〉诉讼始末》）

楼上你站出来，我保证不打你。（╬￣皿￣）

［清］曹雪芹

织造……？仆之祖上三代皆任江宁织造，曾祖母系康熙帝乳母，先帝南巡时，曾三次接驾。也曾有锦衣纨绔之时，饫甘餍肥之日……

［清］纳兰性德

籍甚平阳，羡奕叶、流传芳誉。（《满江红——为曹子清题其先人所构楝亭，亭在金陵署中》）

（法）巴尔扎克

虽然不明白楼上在说什么，但是感觉很厉害的样子。

朋友圈小助手

这是纳兰先生为雪芹先生的祖父曹寅先生《楝亭图》所作题咏，“子清”是曹寅先生的字。故事还得从开天辟地……哦不，是从周武王灭纣，分封诸侯说起。

［周］姬发

弟弟~弟弟~我亲爱的弟弟~叫我一声哥哥，送你一整块曹地！

[周]叔振铎

哥哥把曹地分封给我之后，我就改叫“曹叔振铎”了，子孙因此以“曹”为姓。

[清]纳兰性德

叔振铎传至二十世曹卹，列孔门七十二贤；至二十八世曹参，为汉代名相，封平阳侯。子清即曹参之后。两宋以来名贤论曹氏宗谱，以“诗礼传家，簪缨继世”八字尤佳。

(◕‿◕✿)

(法)巴尔扎克

原来……雪芹阁下才是真·贵族……ф_ф

言归正传，如今欧洲大陆的人们都盛赞雪芹阁下的才华，我简直无法克制结识您的欲望！

灵魂应当吸收另一颗灵魂的感情来充实自己，然后以更丰富的感情送还给对方。(《欧也妮·葛朗台》)您说呢？

[清]曹雪芹

实不敢当。

无材可去补苍天，枉入红尘若许年。此系身前身后事，倩谁记去作奇传？(《红楼梦》第一回)

(法)雨果

雪芹阁下别难为巴尔扎克了，他毕生写不出一首像样的诗。

（法）巴尔扎克

楼上你这是粉到深处自然黑么？！

我在学校时就常常作诗了，小伙伴们还给我取了个诗人的雅号。有一首关于印加的史诗你听好了：

啊！印加，啊！可怜而不幸的国王。（《路易·朗贝尔》）

（法）雨果

哈哈哈哈笑出泪！

原文还有一段“我写诗毫无希望，习作过于冗长，在伙伴中已传为笑谈”你怎么不引用？=_,=

［清］曹雪芹

什么难事，也值得去学！不过是起承转合，当中承转是两副对子，平声对仄声，虚的对实的，实的对虚的，若是果有了奇句，连平仄虚实不对都使得的。既要作诗，你就拜我作师。我虽不通，大略也还教得起你。（《红楼梦》第四十八回）

（法）巴尔扎克

约约约！你教我中国诗，我给你讲法国的故事。

调情，这迷人的字眼只存在于法国，正是法国创造了这门学问。（《婚姻生理学》）

［清］曹雪芹

此亦静极思动，无中生有之数也。也罢！又何妨用假语村

言敷演出一段故事来。(《红楼梦》第一回)

(波兰)韩斯卡夫人

巴尔扎克！还记得特拉维尔山谷边“你亲爱的夏娃”吗？

(法)贝尔尼夫人

唉……还记得你的Dilecta么？

(法)卡斯特里侯爵夫人

还记得你给我寄去的那封《路易·朗贝尔》的信吗？

(法)阿布朗泰斯公爵夫人

吃你的牡蛎去吧！<(￣^￣)>

(法)珠尔玛·卡罗

去吧。需要倾吐心曲时再来找我吧。

[清]脂砚斋

福朗思牙人竟这般沾花惹草……我心里可只有一芹一脂！！！>///<

太虚幻境

Les Univers Parallèles

巴尔扎克

在《人间喜剧》中，你会发现一个人以中年形象登场，之后才出现其入世之初的情形；抑或先出现一个人生命的尽头，之后才出现其入世之初的情形；甚至先出现死亡的经过，之后才出现其出生经过的情形。

在“私人生活场景”《夏娃的女儿》中，女戏子佛洛丽纳已到中年，而在“外省生活场景”《幻灭》中，她才刚刚登上舞台。《幻灭》中，德·玛赛这个风云人物被塑造成首相，而在《婚约》中，他才刚刚崭露头角。以后，在“外省生活场景”或“巴黎生活场景”中，他出现时是十八岁到三十岁，是最轻浮、最游手好闲的纨袴子弟……在《夏娃的女儿》中，费利克斯·德·旺德奈斯与杜德莱女士相遇。如果大家了解他们的身世，他们的处境会极富戏剧性。但是，只有到这部巨著的最后一部分属于“乡村生活场景”的《幽谷百合》中，诸位才会看到他们的故事。

（《〈夏娃的女儿〉、〈玛西米拉·多尼〉序言》）

♡ 拉斯蒂涅，吕西安，皮安训，德普兰，纽沁根，高布赛克，德·鲍赛昂，亨利·德·玛赛，德·阿泰兹，费利克斯·德·旺德奈斯，玛德莱娜·德·莫尔索，狄安娜·德·卡迪央，赛查·皮罗托，杜德莱，伏脱冷，佛洛丽，雷斯托，科朗坦，佩拉德，但维尔，施模克，泰伊番

朋友圈小助手

好棒的脑洞！原来像漫威英雄那样的“平行宇宙”在巴尔扎克先生的《人间喜剧》里早就有了吗？

（法）巴尔扎克

刻画一个时代两三千名出色人物的形象，决不是一件轻而易举的工作。因为说到底，这就是一代人所涌现的典型，也是《人间喜剧》典型人物的总和。这样一批形象、性格，这么多的生命，就要求有一些画框，或者叫做画廊吧（请原谅我不讲究措辞）。因此，像大家已经知道的那样，我的这套作品就很自然地划分为“私人生活场景”、“外省生活场景”、“巴黎生活场景”、“政治生活场景”、“军事生活场景”和“乡村生活场景”。……“私人生活场景”表现了童年、少年及其过失；而“外省生活场景”却表现充满激情、盘算、利欲及野心的岁月。其后，“巴黎生活场景”展现出癖好、恶习和各种放纵无度的现象，各国大都会独特的风俗诱发了这一切，至

善与极恶便是在那里交织在一起。……我竭力反映我们美丽国土的四方八域。我这套作品有它的地理，也有它的谱系与家族、地点与道具、人物与事实；还有它的爵徽、贵族与市民、工匠与农户、政界人物与花花公子，还有它的千军万马，总之，是一个完整的社会！

（《人间喜剧》前言）

（法）戈蒂耶

大仲马不是说过“莎士比亚是上帝之后创造得最多的一个人”吗？把这句话转赠给巴尔扎克更为恰当。

（法）巴尔扎克

感谢楼上。我曾发愿，要在但丁描写来世的《神圣喜剧》之后，创造一部以现世为对象的《人间喜剧》！

朋友圈小助手

那么《人间喜剧》有没有“正确观影顺序指南”呢？

（法）巴尔扎克

如果将来人们要编一个人物谱，帮助读者在这座偌大的迷宫里找到方向，条文可以这样写：

拉斯蒂涅（欧也纳-路易）：德·拉斯蒂涅男爵夫妇的长子，一七九九年生于夏朗德省

的拉斯蒂涅。一八一九年来到巴黎学习法律，住在伏盖公寓，在那里认识了化名伏脱冷的雅克·高冷，并与名医皮安训结下友谊。但斐纳·德·纽沁根太太被德·玛赛抛弃时，他爱上了她。她是歇业的面粉商、一个名叫高里奥的老头的女儿。高老头去世时，是拉斯蒂涅出钱将他埋葬的。他最终成为上流社会的花花公子，与那个时代所有的青年才俊，德·玛赛，博德诺，德·埃斯格里尼翁，吕西安·德·吕邦泼雷，爱弥尔·勃龙代，杜·蒂耶，拿当，保尔·德·玛奈维尔，毕西沃等人都有交情。他的发迹史可在《纽沁根银行》中找到。他几乎在每一场景中都重新出现，诸如《古物陈列室》和《禁治产》。他有两个妹妹，他把一个嫁给了马夏尔·德·拉罗什－于贡，帝国时代的花花公子，《家庭的和睦》中的一个人物；另一个嫁给了一个大臣。他最小的弟弟加布里埃尔·德·拉斯蒂涅，在《乡村教士》中是利摩日主教的秘书，一八三二年被任命为主教（见《夏娃的女儿》）。拉斯蒂涅虽然出身于古老的世家，但一八三〇年以后他接受了德·玛赛内阁中副国务秘书的职位（见“政治生活场景”）。

（《〈夏娃的女儿〉、〈玛西米拉·多尼〉序言》）

朋友圈小助手

话说在巴尔扎克先生两百岁生日的时候，法国《世界报》（Le Monde）书评周刊推出过"《人间喜剧》人物谱"专栏以示庆祝。据统计，《人间喜剧》共有人物2504个，反复出现的人物有573个！我才不会告诉您，有人把您看作是《人间喜剧》第2505个人物呢。

（法）巴尔扎克

（大笑）我早就想到，说不定哪天就能找到我这个时代还难以预料的读者。到那时，也许今天的法文和我的小说都得加注释才能看懂。你们就会明白我的人物再现法是多么深思熟虑的安排。（《〈夏娃的女儿〉、〈玛西米拉·多尼〉序言》）

［清］曹雪芹

在《红楼梦》中，普天之下所有女子过去未来的簿册，都藏在太虚幻境各司大橱之中。巴兄的人物谱，也即我的判词了。不妨来猜一猜，词里都有哪些人物？

> 宝玉听说，再看下首二厨上，果然写着"金陵十二钗副册"，又一个写着"金陵十二钗又副册"。宝玉便伸手先将"又副册"厨开了，拿出一本册来，揭开一看，只见这首页上画着一幅画，又非人物，也无山水，不过是水墨滃染的满纸乌云浊雾而已。后有几行字迹，写的是：

霁月难逢，彩云易散。心比天高，身为下贱。风流灵巧招人怨。寿夭多因毁谤生，多情公子空牵念。

宝玉看了，又见后面画着一簇鲜花，一床破席，也有几句言词，写道是：

枉自温柔和顺，空云似桂如兰。

堪羡优伶有福，谁知公子无缘。

宝玉看了不解。遂掷下这个，又去开了副册厨门，拿起一本册来，揭开看时，只见画着一株桂花，下面有一池沼，其中水涸泥干，莲枯藕败，后面书云：

根并荷花一茎香，平生遭际实堪伤。

自从两地生孤木，致使香魂返故乡。

宝玉看了仍不解。便又掷了，再去取“正册”看，只见头一页上便画着两株枯木，木上悬着一围玉带，又有一堆雪，雪下一股金簪。也有四句言词，道是：

可叹停机德，堪怜咏絮才。

玉带林中挂，金簪雪里埋。

宝玉看了仍不解。待要问时，情知他必不肯泄漏，待要丢下，又不舍。遂又往后看时，只见画着一张弓，弓上挂着香橼。也有一首歌词云：

二十年来辨是非，榴花开处照宫闱。

三春争及初春景，虎兕相逢大梦归。

后面又画着两人放风筝，一片大海，一只大船，船中有一女子掩面泣涕之状。也有四句写云：

才自精明志自高，生于末世运偏消。

清明涕送江边望，千里东风一梦遥。

后面又画几缕飞云，一湾逝水。其词曰：

富贵又何为，襁褓之间父母违。

展眼吊斜晖，湘江水逝楚云飞。

后面又画着一块美玉，落在泥垢之中。其断语云：

欲洁何曾洁，云空未必空。

可怜金玉质，终陷淖泥中。

后面忽见画着个恶狼，追扑一美女，欲啖之意。其书云：

子系中山狼，得志便猖狂。

金闺花柳质，一载赴黄粱。

后面便是一所古庙，里面有一美人在内看经独坐。其判云：

勘破三春景不长，缁衣顿改昔年妆。

可怜绣户侯门女，独卧青灯古佛旁。

后面便是一片冰山，上面有一只雌凤。其判曰：

凡鸟偏从末世来，都知爱慕此生才。

一从二令三人木，哭向金陵事更哀。

后面又是一座荒村野店，有一美人在那里纺绩。其判云：

势败休云贵，家亡莫论亲。

偶因济刘氏，巧得遇恩人。

后面又画着一盆茂兰，旁有一位凤冠霞帔的美人。也有判云：

桃李春风结子完，到头谁似一盆兰。

如冰水好空相妒，枉与他人作笑谈。

后面又画着高楼大厦，有一美人悬梁自缢。其判云：

情天情海幻情身，情既相逢必主淫。

漫言不肖皆荣出，造衅开端实在宁。

（《红楼梦》第五回）

（法）巴尔扎克

Bravo! 只有读完小说才能明白判词属于哪个人物是吗? 雪芹阁下得空也为我笔下的人物写判词吧!

［清］曹雪芹

先赠巴兄一首《西江月》如何?

无故寻愁觅恨，有时似傻如狂。纵然生得好皮囊，腹内原来草莽。　潦倒不通世务，愚顽怕读文章。行为偏僻性乖张，那管世人诽谤！

（《红楼梦》第三回）

（法）巴尔扎克

好词，好词。

在我5尺2寸的身躯里，充斥着每一种能够想像出来的悬殊差别和矛盾。倘若有什么人说我自负、固执、轻浮、放纵、粗心、懒惰、不刻苦、没恒心、饶舌、粗鲁、不懂变通，喜怒无常，那么和另一些人说我节俭、谦虚、勇敢、顽强、精力旺盛、无忧无虑、勤奋、坚定、乐观、沉默寡言、温文尔雅之类，同样都是正确的；宣称我是一个懦夫或是一位英雄，一个聪明人或是一个笨蛋，一位大才子或是一个大蠢货，无论怎么说，我都不会感到意外。

（《巴尔扎克通信集》）

［清］曹雪芹

你就是那“潦倒不通世务”，我就是那“愚顽怕读文章”。∠(ᐛ 」∠)_

（法）雨果

雪芹阁下连巴尔扎克潦倒不通世务都知道啊？！

1825年，他借女朋友的钱做出版，印出来的字又小又糊，负债一万五千法郎……

1827年，开办印刷公司，第二年倒闭，负债六万法郎……

1836—1837年，置地，买果园，想种菠萝发财，还借老妈的钱去意大利挖罗马时代的老银矿，最后空手而归……

从银矿回家发现新房连顶盖都没加上，花费昂贵的围墙也塌了，前后损失十万法郎……

1840年，写剧本《伏脱冷》，总局禁演，演出此剧的圣马丁门剧院破产……

1842年，又写新剧本《基诺拉的智谋》，给媒体赠票太抠门，观众喝倒彩……

朋友圈小助手

求巴尔扎克先生的心理阴影面积……

（法）巴尔扎克

嗯？╰(｀□′)╯

朋友圈小助手

啊不不不，我是说，《人间喜剧》的人物谱系和《红楼梦》的人物判词还真是异曲同工啊！真不愧是两位匠心独具的总导演。(●′ω`●)

通灵宝玉

雪芹先生是总导演的话，我就是摄像机了。可怜经常被男主角摔来砸去，还骂我是“劳什子”。幸亏女娲娘娘出

品，质量可靠。(´•_•`)

茫茫大士

我是制片人兼资深视觉特效。阿弥陀佛。

渺渺真人

我是音乐制作人兼道具师。好说，好说。

空空道人

我是审查员。多亏我的引进，大家才能看到这部好书。

朋友圈小助手

你们快够，次元壁不可以被随意打破！

通灵宝玉

竺道生入虎丘山，聚石为徒，讲《涅盘经》，群石皆点头。（《莲社高贤传》）我来评论也是天经地义哒！ ╮(╯▽╰)╭

［清］曹雪芹

呵呵。

凡天下之物，皆是有情有理的，也和人一样，得了知己，便极有灵验的。（《红楼梦》第七十七回）

好了歌

Les Misérables

分享了音乐《好了歌》

世人都晓神仙好，惟有功名忘不了！
古今将相在何方？荒冢一堆草没了。
世人都晓神仙好，只有金银忘不了！
终朝只恨聚无多，及到多时眼闭了。
世人都晓神仙好，只有姣妻忘不了！
君生日日说恩情，君死又随人去了。
世人都晓神仙好，只有儿孙忘不了！
痴心父母古来多，孝顺儿孙谁见了？

（《红楼梦》第一回）

正月十五 元宵节 删除

脂砚斋，畸笏叟，甄士隐，茫茫大士，渺渺真人，空空道人，大幻仙人，终了真人

（法）巴尔扎克

上帝啊，我在这首Chanson de la bonne fin（《好了歌》法译名）里听到了《人间喜剧》中无数的故事，伏脱冷、葛朗台、夏培上校、高老头……好比这“痴心父母古来多，孝顺儿孙谁见了？”

> 我不愿意死，看不见孩子，做父亲的等于入了地狱；自从她们结了婚，我就尝着这个味道。我的天堂是瑞西安纳街。嗳！喂，倘使我进了天堂，我的灵魂还能回到她们身边吗？听说有这种事情，可是真的？我现在清清楚楚看见她们在瑞西安纳街的模样。她们一早下楼，说：爸爸，你早。我把她们抱在膝上，变着花样逗她们玩儿，跟她们淘气。她们也跟我亲亲热热。我们天天一块儿吃中饭，一块儿吃晚饭，总之那时我是父亲，看着孩子直乐。在瑞西安纳街，她们不跟我讲嘴，不谙世事，她们很爱我。天哪！干吗她们要长大呢？（哎唷！我痛啊！头里在抽。）啊！啊！对不起。孩子们！我痛死了；要不是真痛，我不会叫的，你们早已把我训练得不怕痛苦了。上帝呀！只消我能握着她们的手，我就不觉得痛啦。你想她们会来吗？……你昨天去了跳舞

会，你告诉我呀，她们怎么样？她们一点不知道我病了，可不是？不然她们不肯去跳舞的，可怜的孩子们！噢！我再也不愿意害病了。她们还少不了我呢。她们的财产遭了危险，又是落在怎样的丈夫手里！把我治好呀，治好呀！（噢！我多难过！哟！哟！哟！）你瞧，非把我医好不行，她们需要钱，我知道到哪儿去挣。我要上敖德萨去做淀粉。我才精明呢，会赚他几百万。（哦呀！我痛死了！）”

……

拉斯蒂涅以为高老头睡熟了，让克里斯朵夫高声回报他出差的情形：

“先生……我再三央求，德·雷斯托先生亲自出来对我说：高里奥先生快死了是不是？哎，再好没有。我有事，要太太待在家里。事情完了，她会去的。……说到男爵夫人吧，我也没能跟她说上话。女佣人说：啊！太太今儿早上五点一刻才从跳舞会回来；中午以前叫醒她，一定要挨骂的。等会她打铃叫我，我会告诉她，说她父亲的病更重了。报告一件坏消息，不会嫌太晚的……”

“一个也不来，”老人坐起来接着说，“她们有事，她们在睡觉，她们不会来的。我早知道了。直要临死才知道女儿是什么东西！唉！朋友，你别结婚，别生孩子！你给他们生命，他们给你死。你带他们到世界上来，他们把你从世界上赶出去。她们不会来的！我已经知道了十年。有时我心里这么想，只是不敢相信。”

他每只眼中冒出一颗眼泪，滚在鲜红的眼皮边上，不掉下来。

（《高老头》）

［清］脂砚斋

更有《好了歌》解注，总收古今亿兆痴人，共历幻场，此幻事扰扰纷纷，无日可了。（甲戌本第一回脂批）

［清］曹雪芹

陋室空堂，当年笏满床，衰草枯杨，曾为歌舞场。蛛丝儿结满雕梁，绿纱今又糊在蓬窗上。说什么脂正浓，粉正香，如何两鬓又成霜？昨日黄土陇头送白骨，今宵红灯帐底卧鸳鸯。金满箱，银满箱，展眼乞丐人皆谤。正叹他人命不长，那知自己归来丧！训有方，保不定日后作强梁。择膏粱，谁承望流落在烟花巷！因嫌纱帽小，致使锁枷杠，昨怜破袄寒，今嫌紫蟒长：乱烘烘你方唱罢我登场，反认他乡是故乡。甚荒唐，到头来都是为他人作嫁衣裳！

（《红楼梦》第一回）

(法)巴尔扎克

我曾说要像莫里哀那样，先成为深刻的哲学家，再写喜剧。(《幻灭》)

雪芹阁下这两首精彩的格言歌给予我无穷的灵感，每一句都是一部精彩小说的提纲，不枉我跟你组CP！我们来商量下《好了歌》的法文版翻唱事宜吧，作为《人间喜剧》的主题曲再合适不过啦。

[清]脂砚斋

楼上的福朗思牙人，忍你很久了，不许跟我抢CP！！！

朋友圈小助手

巴尔扎克先生，其实这样的歌，要一百首也有。

[明]唐寅

我有《一世歌》：

人生七十古来稀，前除幼年后除老。
中间光阴不多时，又有炎霜与烦恼。
过了中秋月不明，过了清明花不好。
花前月下且高歌，急须满把金樽倒。
世人钱多赚不尽，朝里官多做不了。
官大钱多心转忧，落得自家头白早。
春夏秋冬弹指间，钟送黄昏鸡报晓。
请君细点眼前人，一年一度埋荒草。
草里高低多少坟，一年一半无人扫。

[明]龙膺

我有《归来乐》:

罢罢耍耍,茫茫世界尽宽大。五斗米折不得彭泽腰,一碗饭受不得淮阴跨。种几亩邵平瓜,卜几文君平卦。哈哈,快活煞!心窝里无牵挂,耳跟厢没嘈杂。哈哈,世上人劳劳堪讶!

你看那秦代长城替别人打,汉朝陵寝被偷儿挖。魏时铜雀台,到如今无片瓦。哈哈,名利场最兜搭!班定远玉门关,枉白了青丝发。马新息铜柱标,抵不得明珠价。哈哈,却更有几般堪讶!

……

身不关陶唐禹夏,梦不想谋王定霸。容膝的是竹椽檐,点景的是琴棋书画,忘机的是鸥鱼凫鸭。更有那橘柚园遮周匝,兰地平坡凸凹。俺可也不痴又不呆,不聋又不哑。谁肯把韶光来虚那?哈哈,俺归去也呀!

[清]爱新觉罗·福临

朕有《悼古论今》词:

看士农工商,终日忙忙,人生碌碌,争短竞长。都不知荣枯有分,得失难量。叹秋风空想,夜月乌江,阿房宫冷,铜雀台荒,都做了邯郸梦一场。真乃凄凉,真乃彷徨,总不如乐天知命,安分守常。休说前王与后王,休说兴邦与

丧邦，大限到，难消禳。自古英雄轮流亡，分明是荣华花上露，富贵草头霜。看破世事皆如此，兴废何必挂心肠。说什么龙楼凤阁，说什么利锁名缰。闷时静坐，诗酒猖狂，唱一曲，归来未晚；歌一调，沧海茫茫。看百花堆锦绣，万鸟弄笙簧。山傍水傍，野外围场，当此极好风光，且尽樽前酒一觞，转眼不免两鬓霜！

［清］曹雪芹

可知世上万般，好便是了，了便是好。不止词曲，更有好戏。不如我改日陪巴兄同赏《邯郸记》？

［明］汤显祖

生死长安道，邯郸正午炊。蚤知灯是火，饭熟几多时？

（《邯郸记·生寤》）

（法）巴尔扎克

啊，雨果我的老伙计，和雪芹阁下看戏之前，你书房里的那些中国藏书先借我看一个礼拜！

（法）雨果

你先发誓不拿我的藏书去抵债！

蜀主劉備
吳主孫權

魏文帝曹丕

假作真时真亦假

La Création

曹雪芹

满纸荒唐言，
一把辛酸泪。
都云作者痴，
谁解其中味？

（《红楼梦》第一回）

九月初六 霜降 删除

♡ **脂砚斋，畸笏叟，李锴，袁枚，陈康祺，蔡元培，胡适，顾颉刚，寿鹏飞，王梦阮，沈瓶庵，景梅九，邓狂言，赵烈文**

［清］陈康祺

小说《红楼梦》一书，即记故相明珠家事。金钗十二，皆纳兰侍御所奉为上客者也。贾宝玉盖即容若也。（《燕下乡脞录》）

蔡元培

贾宝玉，言伪朝之帝系也，即指允（胤）礽。林黛玉，影朱竹垞也，绛珠，影其氏也，居潇湘馆，影其竹垞之号也。竹垞生于秀水，故绛珠草长于灵河岸上。薛宝钗，高江村也。（《石头记索隐》）

顾颉刚

蔡先生考定宝玉为胤礽，黛玉为朱竹垞，薛宝钗为高士奇，试问胤礽和朱竹垞有何恋爱的关系？朱竹垞与高士奇有何吃醋的关系？（胡适《跋红楼梦考证》）

胡适

楼上问得漂亮！二楼真是大笨伯。

《红楼梦》是曹雪芹的自叙传，是一部将真事隐去的自叙的书。（《红楼梦考证》）

寿鹏飞

呵呵……

若《石头》一记，止为曹雪芹自述生平而作，则此书真不值一略矣！黛玉之名，取黛字下半之黑字，与玉字相合，而去其四点，明为代理两字。代理者，代理亲王之名词也。全书写黛玉处，直将胤礽一生遭际及心事，曲曲传出。（《红楼梦本事辨证》）

景梅九

楼上这位仁兄，这就有所不知了：

于木字添石字首两笔，恰成“朱”字。黛玉代表亡明，故写得极瘦弱，风吹欲倒。宝钗代表满清，故写得极丰满，气吹欲化。（《石头记真谛》）

沈瓶庵

不不不……

盖尝闻京师故老云，是书全为清世祖与董鄂妃而作。（《红楼梦索隐》）

［清］袁枚

曹练亭为江宁织造，其子雪芹撰《红楼梦》一书，备记风月繁华之盛。中有所谓大观园者，即余之随园也。（《随园诗话》）

[清]李锴

楼上这位后生，接下来是不是又要晒随园食单？呵呵。

“西园十亩邸第西，嘉随之义因名随。”（《题随园雅集图歌》）

随园是慎郡王西园之雅称，还请楼上不要随便代入好吗？曹寅先生号“楝亭”而非“练亭”，是雪芹先生的祖父而非父亲好吗！！！

朋友圈小助手

楼好像越来越歪了……我已经收到了爱新觉罗·福临、爱新觉罗·胤礽、爱新觉罗·胤禧的实名举报……（扶额）

[清]脂砚斋

欲写世态，故作幻笔，又瞒过诸位看官。╮(╯▽╰)╭

(法)巴尔扎克

我来替雪芹阁下解释吧！

> 风俗历史学家的任务是将相似的事实融合在一幅图画中，一个故事的原始素材可能发生在巴黎，开头很妙，结局平淡，而在小说里，却可能更加精彩地结束在别处。对此，有一句意大利谚语表达得十分精彩：“这条尾巴原是另一只猫身上的（Questa coda non è di questo gatto）。”正如画家为了画出一个美人，

从这个模特身上取其手，从另一模特身上取其足，从这个模特身上取其胸，从另一模特身上取其肩，赋予这精选的各个部位以生命，并且叫人信以为真。如果他为诸位临摹某一个真实的女人，诸位大概会掉头而去。

（《〈古物陈列室〉、〈冈巴拉〉初版序言》）

[清]曹雪芹

呵呵。巴兄高见。你可知这间卧室藏了几条猫尾巴？(=￣ω￣=)

入房向壁上看时，有唐伯虎画的《海棠春睡图》，两边有宋学士秦太虚写的一副对联，其联云："嫩寒锁梦因春冷，芳气笼人是酒香。"案上设着武则天当日镜室中设的宝镜，一边摆着飞燕立着舞过的金盘，盘内盛着安禄山掷过伤了太真乳的木瓜。上面设着寿阳公主于含章殿下卧的榻，悬的是同昌公主制的连珠帐。宝玉含笑连说："这里好！"秦氏笑道："我这屋子，大约神仙也可以住得了。"说着，亲自展开了西子浣过的纱衾，移了红娘抱过的鸳枕……

（《红楼梦》第五回）

(法)巴尔扎克

Bravo! 如果拥有这间卧房，我一定能更愉快地写作！在

《外省的诗神》里有一位德·拉博德赖夫人，人称“圣萨图尔的萨福”，她有本涂满名人题字的纪念册，也接了数不清的小尾巴。ᒼ(˚ ͜ʖ˚)

她搞到了罗西尼的一行字，迈耶贝尔的六节音符，维克多·雨果的四行诗（雨果往哪一个纪念册上都写这四行诗），拉马丁的一小节诗，贝朗瑞的一句话，乔治·桑写的“奥德修走了，卡吕普索无法自慰”，还有斯克里布那著名的关于雨伞的诗句，夏尔·诺迪耶的一句话，于勒·迪普雷的一条视平线，大卫·德·昂日的签名，埃克托·柏辽兹的三个音符。德·克拉尼先生有一次在巴黎小住，给她收集到拉塞奈尔的一首歌，这是人们疯狂追求的真迹，费希的两行字和拿破仑一封极为简短的信。这三样东西都贴在纪念册的上等羔皮纸上。格拉维埃先生一次出门旅行，请马尔斯小姐、乔治小姐、塔格利奥尼小姐和格里齐小姐在这个纪念册上题了字。这些人都是和弗雷德里克·勒迈特、蒙罗斯、布斐、吕比尼、拉布拉什、努里和阿尔纳勒齐名的第一流艺术家。

（《外省的诗神》）

[清]赵烈文

来晚了，前排的几位，莫要再猜哑谜数尾巴，不如听楼主八卦一则来得实在：
曹雪芹，世家，通文墨，不得志，遂放浪形骸，杂优伶中，时演剧以为乐，如杨升庵所为者。（《能静斋笔记》）
请叫我红领巾。(￣▽￣)~*

朋友圈小助手

咦，杨升庵不就是那位喝醉酒之后，化了妆，梳两个丸子头，和一群文青名伶背着琵琶，坐街上自弹自唱的杨慎先生吗？原来雪芹先生也有过这种杀马特时期呀？那画面太美我不敢看！/ω\

［清］曹雪芹

咳咳，肚子怪饿的。@敦诚，你的佩刀还有剩吗？速速陪我吃南酒、烧鸭去。好香，好香。ε=ε=ε=┌(;￣◇￣)┘

［清］敦诚

几把刀有什么打紧！芹兄想喝什么酒，都给你买买买！
（《佩刀质酒歌序》：秋晓，遇雪芹于槐园。……时主人未出，雪芹渴酒若狂，余因解佩刀沽酒而饮之，雪芹欢甚。）

［清］敦敏

弟弟你……居然又趁我困觉的时候勾搭雪芹喝酒！
<(￣^￣)>

朋友圈小助手

我还有一则巴尔扎克先生的八卦，雪芹先生不听完再走么？

据说，《路易·朗贝尔》的主人公与巴尔扎克先生的童年经历十分相似？

（法）巴尔扎克

没错，我把在旺多姆学校读书的经历写进了《路易·朗贝尔》。记得小时候，我的拉丁语课得了奖，我满怀期待地给家人写信，可是他们连颁奖典礼也不愿光临。

> 亲爱的妈妈：
>
> 爸爸知道我被关禁闭一定老大不高兴吧！求您宽慰他，告诉他我得到了表扬，还得到一份奖品。我没有忘记每天用手帕擦牙齿。我自己订了一个练习本，把拉丁语课作业干干净净地抄在上面，得了高分。我想这样做可以让您高兴，我衷心拥抱您和全家人……
>
> 奥诺雷·巴尔扎克
>
> 您的听话的乖儿子
>
> （《巴尔扎克通信集》）

朋友圈小助手

万万没想到……原来巴尔扎克先生小时候是个爱干净、粘妈妈的小可爱。如此真挚的童心却得不到任何回应，人类对有去无回的宇宙探测器都没有这么残忍啊……

（法）巴尔扎克

呵呵！从我八岁起整整六年里，我妈只来学校看过我两次。我没有零花钱，没有家人探望。我永远忘不了，在图尔上中学时，同学们都有家里送来的喷香的熟肉酱，我只能啃干面包！很久以后，我才明白，我妈妈不爱我，她只爱我的"弟弟"亨利。

朋友圈小助手

再次求小巴尔扎克先生的心理阴影面积……

旺多姆学校官方帐号

楼上多虑了，阴影面积几乎为零。看看鄙校给巴尔扎克同学的评语就知道了：

1809年 10岁 品行：优； 性格：迟钝；心情：非常快乐。

1810年 11岁 品行：优； 性格：温顺；心情：快乐。

1811年 12岁 品行：优； 性格：天真；心情：快乐。（《巴尔扎克年谱》）

朋友圈小助手

据说，不止《路易·朗贝尔》，《幽谷百合》和《驴皮记》的主人公也是您的分身？譬如费利克斯的童年，拉法埃尔的欲念，还有《幻灭》里经营印刷厂的赛夏，在文坛沉浮的吕西安和传达您创作理念的阿泰兹。

（法）巴尔扎克

何止这些。我在小说里转述的全部事实，一个个分开来说，全是真实的。我在自己家里就见过书中的男主角。任何一个人的头脑都没有那么大的神通，能编造出那么大量的故事。能够将这么多故事搜集来，难道不是已经很了不起了吗！（《〈古物陈列室〉、〈冈巴拉〉初版序言》）

（法）雨果

的确了不起……不过这话放着我来好吗？小心现在的年轻人说你“杰克苏”啊！

（法）巴尔扎克

我要拉黑你！

（法）雨果

拉黑了再没有人给你投票哦，我可是一直在为你加入法兰西学术院的事奔忙啊！真是为你操碎了心……

正邪两赋

La Classe

天地生人，除大仁大恶两种，馀者皆无大异。若大仁者，则应运而生，大恶者，则应劫而生。运生世治，劫生世危。尧，舜，禹，汤，文，武，周，召，孔，孟，董，韩，周，程，张，朱，皆应运而生者。蚩尤，共工，桀，纣，始皇，王莽，曹操，桓温，安禄山，秦桧等，皆应劫而生者。……彼残忍乖僻之邪气，不能荡溢于光天化日之中，遂凝结充塞于深沟大壑之内，……偶值灵秀之气适过，正不容邪，邪复妒正，两不相下，……必至搏击掀发后始尽。故其气亦必赋人，发泄一尽始散。使男女偶秉此气而生者，上则不能成仁人君子，下亦不能为大凶大恶。置之于万万人之中，其聪俊灵秀之气，则在万万人之上；其乖僻邪谬，不近人情之态，又在万万人之下。若生于公侯富贵之家，则为情痴情种；若生于诗书清贫之族，则为逸士高人；纵再偶生于薄祚寒门，断不能为走卒健仆，甘遭庸人驱制驾驭，必为奇优名倡。如前代之许由，陶潜，阮籍，嵇康，刘伶，王谢二族，顾虎头，陈后主，唐明皇，宋徽宗，刘庭芝，温飞卿，米南宫，石曼卿，柳耆卿，秦少游，近日之倪云林，唐伯虎，祝枝山，再如李龟年，黄幡绰，敬新磨，卓文君，红拂，薛涛，崔莺，朝云之流。此皆易地则同之人也。

（《红楼梦》第二回）

♡ **唐尧，虞舜，夏禹，商汤，姬昌，姬发，姬旦，姬奭，孔丘，孟轲，董仲舒，韩愈，周敦颐，程颢，程颐，张载，朱熹，许由，陶渊明，阮籍，嵇康，刘伶，王导，谢安，顾恺之，陈叔宝，红拂，元稹，李隆基，李龟年，黄幡绰，敬新磨，赵佶，刘庭芝，苏轼，温庭筠，米芾，石曼卿，柳永，秦观，倪瓒，唐寅，祝允明**

［魏］曹操

好歹也是本家，何故黑我？子桓你倒是说句话！

［魏］曹植

父亲何不@孩儿？(,,•́ . •̀,,)子建在这部书的第二回、第四十三回、第六十五回里都无辜躺枪的……

［魏］曹丕

牵牛织女遥相望，尔独何辜限河梁？（《燕歌行》）

父亲，你们好歹在演员表里……

不过我亲爱的弟弟，雪芹先生有一句话倒是说到我心坎儿里的：

殊不知古来并没有个洛神，那原是曹子建的谎话……（《红楼梦》第四十三回）

慢着，你的头像是怎么回事？！ヽ(#`Д´)ﾉ

［晋］阮籍

感谢同时@我和嵇康。๑¯◡¯๑

听说你也有特殊的翻白眼技巧。（敦诚《赠曹芹圃》：步兵白眼向人斜）也常纵酒狂歌，很好，很好。

[清]曹雪芹

仆字“梦阮”，睡里梦里也忘不了阮先生！๑(*////▽////*)q

[宋]米芾

感谢@我。听说你也喜欢对石头称兄道弟。（《宋史·文苑传》）

[上古]颛顼

感谢把共工黑得这么漂亮。人面蛇身朱发的，自然是蛇精病了。（《归藏·启筮》）

[上古]共工

楼上速速出来与俺大战三百回合！

通灵宝玉

嘤嘤，共工大人又要开启愤怒模式了吗？女娲娘娘，这一次请看到我！！！

朋友圈小助手

这一次是上演“共工怒触次元壁”么……ε(゜　△゜|||)楼已经歪得不行了……

（法）巴尔扎克

Mon Dieu！那几位点赞的朋友，我也想拥有这种单凭姓氏就能自动对号入座的技能！

［清］曹雪芹

若非多读书识事，加以致知格物之功，悟道参玄之力，不能知也。（《红楼梦》第二回）

（法）巴尔扎克

虽然这些中国历史人物我认不全，但我猜雪芹阁下的“正邪两赋”，是想说这个道理吧？

> 我们这个时代，两本羊皮书已经不再能代替一切。浴室大老板的私生子和有才能的人，他们与伯爵的公子享有同等权利。人与人的差别只能以人的内在价值来划分。
>
> （《风雅生活论》）

［清］曹雪芹

巴兄果然不俗！可惜我们的时代，仍是“贫富”二字限人。

> 那宝玉只一见秦钟人品，心中便有所失；痴了半日，自己心中又起了呆意，乃自思道：“天下竟有这等人物！如今看来，我竟成了泥猪癞狗了。可恨我为什么生在这侯门公府之家，若也生在寒儒薄宦之家，早得与他交结，

也不枉生了一世。我虽如此比他尊贵，可知绫锦纱罗，也不过裹了我这根死木头，美酒羊羔，只不过填了我这粪窟泥沟。'富贵'二字，不料遭我荼毒了！"秦钟自见了宝玉形容出众，举止不浮，更兼金冠绣服，骄婢侈童，秦钟心中亦自思道："果然这宝玉怨不得人溺爱他。可恨我偏生于清寒之家，不能与他耳鬓交接，可知'贫富'二字限人，亦世间之大不快事。"二人一样的胡思乱想。

（《红楼梦》第七回）

（法）巴尔扎克

呵呵，雪芹阁下尽管放心。

荒唐的封建制完蛋之后，才能将与金钱、权力一起，成为三种新的贵族。贵族和资产阶级不久将会合伙，贵族拿出传统的风雅生活、纯正趣味、高层权术，资产阶级拿出科学艺术的神奇成就。他们将站在人民的前面，引导人民踏上文明与光明之路。倘若还存在什么特权，那么它也是来自精神的优越性。由此有这样一句格言：财产可以敛聚，风雅却系天成。

（《风雅生活论》）

[清]曹雪芹

封建制式微，恐怕也是“百足之虫，死而不僵”。倒是您说的什么“资产阶级”“合伙“ “科学艺术”……真真从未听见过，细嚼此话的滋味，竟如参禅一般了！

(法)巴尔扎克

雪芹阁下：

> 有思想的人，才是有至高无上权力的人，国王左右民族不过一朝一代，艺术家的影响却可以延续好几个世纪。他可以使事物改观，可以发起一定模式的革命。他能左右全球，并塑造一个世界！
>
> （《论艺术家》）

你看，现在的评论家，不是都赞誉我们的小说是百科全书式的作品吗，对我们小说的评论与研究，不是汗牛充栋吗？只可惜，友谊和荣誉只能在坟墓里享受！╮(╯▽╰)╭

[清]曹雪芹

原来巴兄也是个翻过筋斗来的！只是人生已经如此艰难，有些事情就不要去拆穿了。

风月情浓

La Passion

曹雪芹

警幻道："尘世中多少富贵之家，那些绿窗风月，绣阁烟霞，皆被淫污纨袴与那些流荡女子悉皆玷辱。更可恨者，自古来多少轻薄浪子，皆以'好色不淫'为饰，又以'情而不淫'作案，此皆饰非掩丑之语也。好色即淫，知情更淫。是以巫山之会，云雨之欢，皆由既悦其色，复恋其情所致也。吾所爱汝者，乃天下古今第一淫人也。"

宝玉听了，唬的忙答道："仙姑差了。我因懒于读书，家父母尚每垂训饬，岂敢再冒'淫'字。况且年纪尚小，不知'淫'字为何物。"警幻道："非也。淫虽一理，意则有别。如世之好淫者，不过悦容貌，喜歌舞，调笑无厌，云雨无时，恨不能尽天下之美女供我片时之趣兴，此皆皮肤淫滥之蠢物耳。如尔则天分中生成一段痴情，吾辈推之为‘意淫’。‘意淫’二字，惟心会而不可口传，可神通而不可语达。汝今独得此二字，在闺阁中，固可为良友，然于世道中未免迂阔怪诡，百口嘲谤，万目睚眦。今既遇令祖宁荣二公剖腹深嘱，吾不忍君独为我闺阁增光，见弃于世道，是以特引前来，醉以灵酒，沁以仙茗，警以妙曲，再将吾妹一人，乳名兼美字可卿者，许配于汝。今夕良时，即可成姻。不过令汝领略此仙闺幻境之风光尚如此，何况尘境之情景哉？而今后万万解释，改悟前情，留意于孔孟之间，委身于经济之道。”说毕便秘授以云雨之事，推宝玉入房，将门掩上自去。

（《红楼梦》第五回）

神瑛侍者，绛珠仙子，痴梦仙姑，钟情大士，引愁金女，度恨菩提

（法）巴尔扎克

咳咳，雪芹阁下觉得，皮肤淫滥是愚蠢的事么？在我看来：

情欲就是全人类。没有情欲，宗教、历史、小说、艺术也就没有什么用处了。（《人间喜剧》前言）

初次的肉体接触使我的心亢奋不已——

> 一位女子见我身形瘦小，误认为就是个孩子，坐在那儿昏昏欲睡，等待母亲尽了兴好回家，于是她宛如鸟儿回巢一样，轻盈地坐到我的身边。我立刻闻到一股女子的芳香，只觉得心旷神怡……我的目光一下被雪白丰腴的双肩吸引住，真想伏在上面翻滚；这副肩膀白里微微透红，仿佛因为初次袒露而羞赧似的，它也有一颗灵魂；在灯光下，它的皮肤有如锦缎一般流光溢彩，中间分出一道线：我的目光比手胆大，顺着线条看下去，不由得心突突直跳，我挺直身子瞧她的胸脯，只见一对丰满滚圆的球体，贞洁地罩着天蓝色罗纱，惬意地卧在花边的波浪里，直看得我心荡神迷。少女般的颈项柔媚细腻，光亮的秀发梳出一条条白缝，犹如清新的田间小络，任我的想像驰骋，这一切使我丧失理智。我看准周围无人

注意，便像孩子投进母亲怀抱一样，头埋在她的后背上，连连吻她的双肩。

（《幽谷百合》）

我永远忘不了我的洛尔……

（法）巴尔扎克夫人

儿子，“我的洛尔”你是说谁呢！(╰_╯)

（法）洛尔·絮尔维尔

哥哥，“我的洛尔”你是说谁呢？(=ﾟωﾟ)ﾉ

（法）阿布朗泰斯公爵夫人

“我的洛尔”你是说谁呢？<(￣^￣)>

（法）雨果

母亲、妹妹和两位红颜知己的闺名都叫洛尔，巴尔扎克有很深的洛尔情结。

朋友圈小助手

集齐几个洛尔能召唤神龙？

听说《幽谷百合》里这位德·莫尔索夫人的原型就是洛尔·德·贝尔尼夫人，巴尔扎克先生的Dilecta？

（法）巴尔扎克

没错。

她比母亲还亲，比女友更近，我是仗着她活下来的，她是我精神上的太阳。《幽谷百合》中的莫尔索夫人只不过是她身上最微不足道的优点的苍白写照，因为我不愿把自己的感情出卖给公众。我们之间的真实感情永远不会为人所知。（《巴尔扎克通信集》）

（法）贝尔尼夫人

我知道，“我的洛尔”是对我说的。可是德·卡斯特里夫人、窦布鲁克男爵夫人、维斯孔蒂伯爵夫人、德·阿布朗泰斯公爵夫人还有你的“外国妹子”呢？你究竟有几个好妹妹…… (..•˘_˘•..)

［清］曹雪芹

这就是巴兄的不是了。

“欲”即迷津也。深有万丈，遥亘千里，中无舟楫可通，只有一个木筏，乃木居士掌舵，灰侍者撑篙，不受金银之谢，但遇有缘者渡之。（《红楼梦》第五回）

倘有机缘，我请顺风镖局将那把“风月宝鉴”押送给你。单与那些聪明杰俊，风雅王孙等看照。千万不可照正面，只照他的背面，要紧，要紧！——

> 贾瑞收了镜子，想道：“这道士倒有些意思，我何不照一照试试。”想毕，拿起“风月鉴”来，向反面一照，只见一个骷髅立在里面，唬得贾瑞连忙掩了，骂：“道士混账，如何吓我！我倒再照照正面是什么。”想着，又将

正面一照，只见凤姐站在里面招手叫他。贾瑞心中一喜，荡悠悠的觉得进了镜子，与凤姐云雨一番，凤姐仍送他出来。到了床上，“嗳哟”了一声，一睁眼，镜子从手里掉过来，仍是反面立着一个骷髅。贾瑞自觉汗津津的，……心中到底不足，又翻过正面来，只见凤姐还招手叫他，他又进去。如此三四次。到了这次，刚要出镜子来，只见两个人走来，拿铁锁把他套住，拉了就走。贾瑞叫道：“让我拿了镜子再走！”只说这句，就再不能说话了。旁边伏侍贾瑞的众人，只见他先还拿着镜子照，落下来，仍睁开眼拾在手内，末后镜子落下来便不动了。众人上来看看，已没了气，身子底下冰凉渍湿一大滩精，这才忙着穿衣抬床。代儒夫妇哭的死去活来，大骂道士，“是何妖镜！若不早毁此物，遗害于世不小。”遂命架火来烧，只听镜内哭道：“谁叫你们瞧正面了！你们自己以假为真，何苦来烧我？”正哭着，只见那跛足道人从外跑来，喊道：“谁毁‘风月鉴’，吾来救也！”说着，直入中堂，抢入手内，飘然去了。

（《红楼梦》第十二回）

（法）巴尔扎克

“千万不可照正面，只照他的背面。”雪芹阁下，道理我都懂。我曾在《驴皮记》里借古董店老板之口，写下这样的话：

人类因为两种本能的行为而自行衰萎，这两种本能的作用汲干了他生命的源泉：那便是欲和能。……他用响亮的声音指着那张驴皮说，“这里面包含着你们的社会观念，你们过分的欲望，你们的放纵行为，你们致人于死命的欢乐，你们使生活丰富的痛苦；因为痛苦也许只是一种强烈的快乐。有谁能够确定肉欲变成痛苦和痛苦仍是肉欲的界线？观念世界里最强烈的光线，不是反会爱抚视觉，而物理世界里最柔和的阴影，不是倒常常会刺伤视觉吗？智这个字难道不是从知这个字变来的吗？疯狂如果不是过度的欲或过度的能，那又是什么呢？”

然而并没有什么用，我摆脱不了拉法埃尔的宿命：

拉法埃尔从枕头下取出那块驴皮，它已不牢固，而且很薄，小得跟一片长春花的叶子差不多了。他指着驴皮对她说：

“波利娜，……这是一张灵符，它满足了我的一切欲望，它也就代表我的生命。你看，它给我剩下的，就只这一点儿了。要是你还这样的看我，我就要死啦……”

这少女以为拉法埃尔发疯了，……她十分仔细地观察她情人的面孔和那最后一小块魔皮。拉法埃尔看到她因恐惧和爱意越发显得漂亮，再也控制不住自己的思想：回忆起过去温柔的风流情景和疯狂的快乐，使他沉睡已久的情欲在他心中死灰复燃了。

“波利娜，来呀！波利娜！”

一声可怕的尖叫从少女的喉里发出，她睁大眼睛；因前所未有的痛苦而紧锁的双眉，现在因恐怖而展开了，她从拉法埃尔的眼睛里看到了一种狂暴的情欲，以前她认为这是她的光荣；但是，随着这种情欲的扩张，那块魔皮在收缩的过程中，使她的手发痒。她不假思索地，逃进隔壁的客厅，随手把门关上。

“波利娜！波利娜！”垂死的人一面叫嚷，一面追她，“我爱你，我热爱你，我要你！……要是你不给我开门，我就诅咒你！我要死在你身上！”

他用生命最后爆发出的一股奇怪力量，把门推倒，看到他的情妇半裸着身子在长沙发上打滚。波利娜想刺破自己的胸膛而未能如愿，为要死得快些，她又打算用她的披巾来自尽。

“要是我死，他就能得救！”她说，一面勒紧她在脖子上打好的活结。

在这场和死神的搏斗中，她披头散发，肩膊裸露，衣衫凌乱，泪流满脸，面色火红，这种在可怕的绝望下挣扎的情景，呈现在陶醉于爱情的拉法埃尔眼前，竟成了千娇百媚，更增强了他的欲火；他像猎食的鸷鸟般轻捷地扑在她身上，扯断勒着她脖子的披巾，要把她搂在怀里。

这临死的病人，找寻话语来表达那吞噬他全部力量的情欲；可是他找到的只是胸膛里发出的嘶哑的喘声，他的呼吸越来越困难，气息像是从他的脏腑里挤出来似的。最后，再也无法组成语音了，他便在波利娜的胸脯上乱咬。若纳塔听到了惨叫声非常害怕，便走了进来，看到那少女蹲在一个角落里俯身在尸体上……

（《驴皮记》）

[清]曹雪芹

这位拉法埃尔，竟是福朗思牙的贾天祥了。

(法)巴尔扎克

其实，雪芹阁下的十年辛苦和在下的颠倒日夜，同样需要付出生命的代价，又何尝不是另一种“欲壑难填”呢?

> 伟人既不能有妻子，也不能有儿女。独自走我们贫困的路吧！我们的美德不是凡夫俗子的美德，我们属于世界，不能属于一个女人或一个家庭。我们像大树一样吸干了周围土地的水份！
>
> （《绝对之探求》）

最后，我们只能像临终时的巴尔塔扎尔·克拉埃那样：

> 举起一只因气愤而痉挛的手，用嘹亮的嗓音喊出阿基米德的名言：EUREKA（我找到了）！
>
> （《绝对之探求》）

[清] 曹雪芹

巴兄竟一语道破天机！我不甘心，怎能甘心……

（法）雨果

愿上帝赐予你们长寿！

[清] 脂砚斋

我为雪芹一大哭！

朋友圈小助手

我为无法得窥《红楼梦》和《人间喜剧》全貌的读者一大哭！

牡蛎美人

Le Mariage

曹雪芹

女儿是水作的骨肉，
男人是泥作的骨肉。
我见了女儿，我便清爽；
见了男子，便觉浊臭逼人。

（《红楼梦》第二回）

三月初三 上巳 删除

 林黛玉，薛宝钗，贾元春，贾探春，史湘云，妙玉，贾迎春，贾惜春，王熙凤，巧姐，李纨，秦可卿

(法)巴尔扎克

我年轻时就认为：

女性是最完美的造物。从创世者的手中，女人最后走出来，她应该比任何造物都更完美地表达神意。所以，她并非如男人那样取自原生花岗岩，在上帝的手指里这花岗岩变成了柔软的粘土。不，女人是从男人的肋骨上拽下来的，是柔软而又有弹性的物质，她是在男人与天使之间的过渡性创造物。所以你们看到她既像男子那样坚强，又像天使那样因富于感情而高尚聪慧。

(《欧也妮·葛朗台》初版跋)

[清]曹雪芹

女孩儿未出嫁，是颗无价之宝珠，出了嫁，不知怎么就变出许多的不好的毛病来，虽是颗珠子，却没有光彩宝色，是颗死珠了，再老了，更变的不是珠子，竟是鱼眼睛了。

(《红楼梦》第五十九回)

(法)巴尔扎克

呃……听起来有点像我们这儿的“牡蛎美人”。据说中国

人有个对应的词，叫作“豆腐西施”。

西卜太太从前是个牡蛎美人，凡是牡蛎美人不用追求而自然能遇到的风流艳事，她都经历过来；然后到二十八岁，因为爱上西卜，向蓝钟餐厅辞了工。小家碧玉的姿色是保持不久的，尤其是排列成行，坐在菜馆门口做活的女人。炉灶的热气射在她们脸上，使线条变硬；和跑堂的一块儿喝的剩酒，渗进她们的皮肤；因此牡蛎美人的花容月貌是衰老得最快的。凭着那种男性美，她很可以做卢本斯的模特儿；倘若德拉克洛瓦瞧见西卜太太大模大样地扶着她的长扫帚，准会把她画做一个罗马时代的女战神。

（《邦斯舅舅》）

（德）卢本斯

等等！我的模特儿都是珠圆玉润的女神，哪来的女汉子！我记得你好像还在《夫妻生活的烦恼》里说我的画是“一团肥肉”！（╰_╯）

（法）德拉克洛瓦

您这是夸我呢？还是夸我呢？（；￣ェ￣）

幸好我的画作颇有名气，听说中国的历史课本上都印着我那幅《自由引领人民》。

[清]曹雪芹

牡蛎美人这个名号真也新奇。说起来，我最尊重的，还是水灵灵的妹子：

> 这女儿两个字，极尊贵，极清净的，比那阿弥陀佛，元始天尊的这两个宝号还更尊荣无对的呢！你们这浊口臭舌，万不可唐突了这两个字，要紧。但凡要说时，必须先用清水香茶漱了口才可，设若失错，便要凿牙穿腮等事。
>
> （《红楼梦》第二回）

不知巴兄怎么看?

(法)巴尔扎克

你说水灵灵的妹子吗？其实我一直想不明白：

> 为什么没有一个多情、富有而美丽的女子奔到每个才气横溢的人面前自愿作他的奴隶，就像《莱拉》中那个神秘的年轻侍从一样呢?
>
> （《莫黛斯特·米尼翁》）

(波兰)韩斯卡夫人

我这只所罗门小拖鞋不是来到你身边了么？~(^3^)-☆

(法)巴尔扎克

我的噜噜！小咪咪！我亲吻你漂亮的眼皮！你听我说：

> 当我们称赞这些少女时，我们指的是歌德《哀格蒙特伯爵》中克莱尔式的世间少有的

高尚女性，是那些不追求扬名于世，而只想安心扮演自己应有角色的女人。她们温柔贤淑，对大自然赐予她们的夫主百依百顺，时而在他们思想广阔的领域升腾，时而又下降到像孩子一样只限于对他们承欢讨好的境地；她们了解这些苦恼万分的灵魂的古怪行动、他们最轻微的话语和最模糊的眼光；不管丈夫是沉默或者健谈，她们都感到高兴；她们终于认识到，一位拜伦爵士的欢乐、思想和道德不应该和针织品商人一样。

（《婚姻生理学》）

[清]曹雪芹

左不过是些佳人才子，最没趣儿。绝代佳人只一见了一个清俊的男人，不管是亲是友，便想起终身大事来，父母也忘了，书礼也忘了，鬼不成鬼，贼不成贼，那一点儿是佳人？便是满腹文章，做出这些事来，也算不得是佳人了。

（《红楼梦》第五十四回）

（英）拜伦

巴尔扎克老弟，YY的时候，不要滥用“@”功能！我很忙的，还要去刷李白的朋友圈呢。(¬_¬)

（德）歌德

克莱尔才不是百依百顺的软妹，她是哀格蒙特的自由女神！虽然我在病榻上仍坚持阅读《驴皮记》，但对楼主这条评论实不敢苟同。

（法）乔治·桑

巴尔扎克吾友：婚姻迟早会被废除。一种更人道的关系将代替婚姻关系来繁衍后代。一个男人和一个女人既可生儿育女，又不互相束缚对方的自由。

［清］曹雪芹

正是。

> 终身大事，一生至一死，非同儿戏。必须拣一个素日可心如意的人方跟他去。否则，虽是富比石崇，才过子建，貌比潘安的，心里进不去，也白过了一世。
>
> （《红楼梦》第六十五回）

朋友圈小助手

赶上直男与女权的对决了么？！

（法）巴尔扎克

楼上诸位莫要误会啊！雪芹阁下说得好："假作真时真亦假。"德·哀格勒蒙侯爵夫人的控诉才是我的心里话。

上帝没有定过一条不幸的戒律，而人类聚在一起却践踏了上帝的业绩。我们妇女受文明的摧残已超过自然法则给我们造成的损害。自然规律强使我们肉体上受痛苦，你们男人使这种痛苦有增无减；为文明所发展的情感，你们不断加以愚弄。自然扼杀弱者，你们则要他们活着受罪。婚姻制度是当今社会的基石，却单让我们妇女承担全部重负：自由属男子，义务归女人。我们得一辈子对你们忠诚，你们则只需偶尔对我们尽责。总之，男子可以自由选择，我们只能盲目屈从。噢！先生，我对您什么都说了吧。嘿！婚姻，当今世界实行的婚姻，在我看来简直是合法的卖淫。我的痛苦就是由此而产生的。

（《三十岁的女人》）

[清]曹雪芹

我们有位尤三姐，虽不是侯爵夫人，却也有侯爵夫人的觉悟。

尤三姐站在炕上，指贾琏笑道："……这会子花了几个臭钱，你们哥儿俩拿着我们姐儿两个权当粉头来取乐儿，你们就打错了算盘了！"

……

这尤三姐松松挽着头发，大红袄子半掩

半开，露着葱绿抹胸，一痕雪脯。底下绿裤红鞋，一对金莲或翘或并，没半刻斯文。两个坠子却似打秋千一般，灯光之下，越显得柳眉笼翠雾，檀口点丹砂。本是一双秋水眼，再吃了酒，又添了饧涩淫浪，不独将他二姊压倒，据珍琏评去，所见过的上下贵贱若干女子，皆未有此绰约风流者。二人已酥麻如醉，不禁去招他一招，他那淫态风情，反将二人禁住。那尤三姐放出手眼来略试了一试，他弟兄两个竟全然无一点别识别见，连口中一句响亮话都没了，不过是酒色二字而已。自己高谈阔论，任意挥霍洒落一阵，拿他弟兄二人嘲笑取乐，竟真是他嫖了男人，并非男人淫了他。一时他的酒足兴尽，也不容他弟兄多坐，撵了出去，自己关门睡去了。

（《红楼梦》第六十五回）

（法）巴尔扎克

大快人心的描写！我早就说过：

为什么不可以有一个女人玩弄男人，就像男人玩弄女人那样？为什么女性不可以有时也对男人来一下报复？

（《卡迪央王妃的秘密》）

我绝对是站在女同胞这边的！对于女权的态度，一如我

对版权。

朋友圈小助手

画风变得这么快，简直不忍直视……巴尔扎克先生您当真骨骼清奇……_(:3」∠)_

可我明明听说，你曾经主张“千万不能让磨人的小妖精读书”的。喏，请容我摘录一段——

> 让女人凭自己的天性去选择阅读的书本？这无异于把火星扔进弹药舱里，甚至比这还糟，等于教你的妻子如何摆脱你，生活在一个理想的天地，一个极乐世界之中。
>
> ……
>
> 必须想办法尽量推迟你妻子问你要本书看这一致命的时刻。这一点你会很容易办到。首先，你可以用不屑的神情提起“女才子”这个名字。如果她问你，你可以向她解释你们邻居是如何嘲笑那些女学究的。
>
> 然后，你可以经常告诉她，世界上最可爱、最聪慧的女人都集中在巴黎，而巴黎的女人是从来不看书的。
>
> 你告诉她，女人就像上等人一样，而根据马斯卡里尔的看法，这些人不必学习便能通晓一切。
>
> 告诉她，一个女人应该不管是在跳舞或者玩乐的时候，甚至不必装出仔细倾听的样

子，便能在有才华的男人的谈吐中，抓住巴黎的傻瓜们赖以取得风趣之名的现成词句；告诉她，在我们这个国家里，对人对物的具有决定意义的评价都会不胫而走，女人批评一位作家、诋毁一部作品、看不起一幅油画时所用的稍带尖刻的语调，比法庭的判决更有威力；告诉她，女人是一面漂亮的镜子，自然而然地能反映最光辉的思想；告诉她，天赋就是一切，在社交场合学到的东西远远超过从书本里学到的东西；告诉她，书读得越多越胡涂，最终会什么都看不明白，等等。

（《婚姻生理学》）

（法）巴尔扎克

黑历史又被翻出来了么……

想当年，从政治时评、剧本到志怪小说和生活小手册，能赚钱的我都不放过。像是《论长子继承权》《老实人指南，或避免上当的艺术》之类……说多了都是泪……

妹子们要是知道《婚姻生理学》的作者是个比老站长还有节操，比节食病人吃得还少，滴酒不沾，整天在堪与威尼斯铅顶监狱媲美的阁楼里埋头工作的毛头小子，一定会同情我的……

（法）巴尔扎克夫人

呵呵，搬到莱迪吉耶尔街的小阁楼里去搞两年的文学创

作，还不是你自己要求的？家里给你每年一千五百法郎的生活费，那可不是一笔小数目。我已经算过了，你连本带息一共欠我五万七千法郎！

[清]曹雪芹

奇怪，奇怪，怎么这些人只一嫁了汉子，染了男人的气味，就这样混帐起来，比男人更可杀了！（《红楼梦》第七十七回）

（法）巴尔扎克

雪芹阁下不用为我打抱不平了，那是我的母亲大人……我本该叫她“陌生人”，自从我出生以来，她从来没有对我施以亲吻和爱抚，更别说深情厚爱。不过我反而应该感谢她，因为如果没有她的冷酷无情，如果她像溺爱“弟弟”亨利那样溺爱我，我或许早就堕入不堪的境地，更不会有如此之多的灵感，来创作我的《人间喜剧》！╮(╯▽╰)╭

痴情司

L'Amour

巴尔扎克

分享了一个链接　莫尔索夫人与情欲的一场酣战

我在生命的最后时刻向上帝倾诉的话，您也应当知道……如今您还记得您的那些吻吗？那些吻主宰了我的生命，铭刻在我的灵魂里；您的热血唤醒了我的热血，您的青春感奋了我的青春，您的欲念闯入了我的心扉。当我十分高傲地站起身时，我有一种无以言传的感觉，如同孩子的眼睛与光交融，嘴唇接受生活之吻时，他们还不能用言语表达自己内心的感受。是的，这恰如回响的声音，射入黑暗中的光，给予宇宙的始动，至少跟这几种事物同样迅疾，而且美好得多，因为这是灵魂的生命啊！于是，我恍

然解悟，原来世上还存在我所不了解的东西，存在一种比理念更美好的力量，那就是相亲相爱所具有的全部思想、全部力量和整个前景。……如果说您忘记了那些可怕的吻的话，我却始终未能把它们从我的记忆中抹掉；这正是我的死因！是的，后来我每次见到您，就感到那被您吻过的地方火辣辣的；只要看到您，甚至仅仅预感您要来到，我从头到脚就激动不已。无论是时间还是我的坚强意志，都控制不了这种势不可当的情欲。

我情不自禁地揣摩：那种欢乐该是什么样的？我们交换的眼色、您在我手上印下的恭恭敬敬的吻、您的被我挽着的手臂、您的温柔的声音，总之，最细微的接触也猛烈地摇撼我的心，以致我的眼睛几乎总要模糊起来，耳畔也响起感官骚动的嚣声。啊！假如在我加倍冷淡的时刻，您一把紧紧地搂住我，我就会幸福得死去。……怎么对您讲呢？您的笔迹也有魅力，我看您的信，就像人们欣赏一幅肖像画。如果说从那第一天起，不知是什么命数的决定，您就取得了对我的支配权，那么当我窥见了您的灵魂之后，这种权力就变得无限大了。发现您是那么纯洁，那么诚挚，具有那么优秀的品质，堪当大任，而且饱受磨难，我真是欣喜万分。您既是男子汉，又是孩子，既腼腆，又果敢！得知我们的感情由同样的痛苦所认可时，我是多么高兴啊！自从我们互诉衷情的那天傍晚之后，失去您，我也就活不成了……

（《幽谷百合》）

雨月 英莲日 删除

♡ 贝尔尼夫人，韩斯卡夫人，阿布朗泰斯公爵夫人，卡斯特里侯爵夫人，珠尔玛·卡罗，玛丽·德·弗勒内依，窦布鲁克男爵夫人，维斯孔蒂伯爵夫人，玛尔布堤夫人

（法）巴尔扎克

《幽谷百合》若不是女性的必读书，我就一文不值了！我花了三百个小时修改第一稿，落下了肝疼的毛病（《巴尔扎克通信集》）……求妹子们点赞。

（法）贝尔尼夫人

的确是一部完美无缺的杰作。只是莫尔索夫人去世时那一通可怕的悔恨大可不必。（《巴尔扎克通信集》）

（法）圣勃夫

您如此熟悉女人，莫非是一位专治隐病的医生？不然怎么有权深入贵妇内室和夫妻床第之间，谈论种种隐私秘闻！您的细节足以诱惑最羞怯的人。（《两世界杂志》）

（法）巴尔扎克

呵呵，S.B.先生，信不信我用笔把你戳穿？《幽谷百合》就是为了压倒你的《情欲》而写！

［清］曹雪芹

这类酣战，在我们这儿是种“病”，无药可救。

原来那宝玉自幼生成有一种下流痴病，况从幼时和黛玉耳鬓厮磨，心情相对，及如今稍明时事，又看了那些邪书僻传，凡远亲近友之家所见的那些闺英闱秀，皆未有稍及林黛玉者，所以早存了一段心事，只不好说出来，故每每或喜或怒，变尽法子暗中试探。那林黛玉偏生也是个有些痴病的，也每用假情试探。因你也将真心真意瞒了起来，只用假意，我也将真心真意瞒了起来，只用假意，如此两假相逢，终有一真。其间琐琐碎碎，难保不有口角之争。即如此刻，宝玉的心内想的是："别人不知我的心，还有可恕，难道你就不想我的心里眼里只有你！你不能为我烦恼，反来以这话奚落堵我。可见我心里一时一刻白有你，你竟心里没我。"心里这意思，只是口里说不出来。那林黛玉心里想着："你心里自然有我，虽有'金玉相对'之说，你岂是重这邪说不重我的。我便时常提这'金玉'，你只管了然自若无闻的，方见得是待我重，而毫无此心了。如何我只一提'金玉'的事，你就着急，可知你心里时时有'金玉'，见我一提，你又怕我多心，故意着急，安心哄我。"看来两个人原本是一个心，但都多生了枝叶，反弄成两个心了。那宝玉心中又想着："我不管怎么样都好，只要你随意，我便立刻因你死了也情愿。你知也罢，

不知也罢，只由我的心，可见你方和我近，不和我远。”那林黛玉心里又想着：“你只管你，你好我自好，你何必为我而自失。殊不知你失我自失。可见是你不叫我近你，有意叫我远你了。”如此看来，却都是求近之心，反弄成疏远之意。如此之话，皆他二人素习所存私心，也难备述。

（《红楼梦》第二十九回）

（法）巴尔扎克

细思极恐……每次发病有哪些症状？

通灵宝玉

也不过是又把我咬牙恨命往地下一摔……咦，我为什么要说“又”呢？

［清］脂砚斋

试问石兄：此一摔，比在青埂峰下萧然坦卧何如？（甲戌本第三回脂批）=_,=

［清］曹雪芹

何止砸东西，发病时还会啼哭，流泪，气凑，发汗，心里干噎，口里说不出话来，脸也气黄了，眼眉都变了，更有甚者，五内俱焚。

这里林黛玉体贴出手帕子的意思来，不

觉神魂驰荡：宝玉这番苦心，能领会我这番苦意，又令我可喜；我这番苦意，不知将来如何，又令我可悲；忽然好好的送两块旧帕子来，若不是领我深意，单看了这帕子，又令我可笑；再想令人私相传递与我，令我可惧；我自己每每好哭，想来也无味，又令我可愧。如此左思右想，一时五内沸然炙起。黛玉由不得馀意绵缠，令掌灯，也想不起嫌疑避讳等事，便向案上研墨蘸笔，便向那两块旧帕子上走笔写道：

眼空蓄泪泪空垂，暗洒闲抛却为谁？
尺幅鲛绡劳解赠，叫人焉得不伤悲！
其二
抛珠滚玉只偷潸，镇日无心镇日闲。
枕上袖边难拂拭，任他点点与斑斑。
其三
彩线难收面上珠，湘江旧迹已模糊。
窗前亦有千竿竹，不识香痕渍也无。

林黛玉还要往下写时，觉得浑身火热，面上作烧，走至镜台揭起锦袱一照，只见腮上通红，自羡压倒桃花，却不知病由此萌。

（《红楼梦》第三十四回）

（法）巴尔扎克

诗歌的确是配制止疼药膏的良方。莫黛斯特·米尼翁小姐也深谙此道：

房屋可以毁于火灾，财产可以沉入水底，父亲可以长途跋涉归来，王国可以崩溃，霍乱可以将整座城市吞噬，但是一个少女的爱情还会继续飞翔，就像大自然循环往复，就像化学上发现的那种强酸，如果地心不能将它吸收，它就会将地球蚀穿！

醒来吧，我的心，
云雀在歌唱，迎着太阳抖动着翅膀。
再不沉睡了，我的心！
紫罗兰已向上帝捧出苏醒的芬芳。

（《莫黛斯特·米尼翁》）

（法）雨果

在作诗这点上，果然还是雪芹阁下更胜一筹啊……

（法）巴尔扎克

中国人送花要作诗，喝酒要作诗，吃螃蟹要作诗，回娘家要作诗，猜谜语要作诗，房门口、柱头上、窗板上、门窗的披檐上、遮帘上，处处都有诗……（评博尔热《中国和中国人》）写部小说，连剧透都是以诗歌的形式，老伙计我办不到啊！╮(╯▽╰)╭

钟鸣鼎食

La Cuisine

巴尔扎克

分享了一个链接　一位吃货的自我修养

世界上要有什么比怀才不遇更可悲的事，那就是无人了解的肚子了。人们总是夸张失恋的悲剧，其实心灵的需要爱情并非真正的需要：因为没有人爱我们，我们可以爱上帝，他是不吝施舍的。至于口腹的苦闷，那又有什么痛苦可以相比？首先不是要生活吗？邦斯不胜遗憾地想念某些鸡蛋乳脂，那简直是美丽的诗歌！某些白沙司，简直是杰作！某些鲜菌烧野味，简直是心肝宝贝！而更了不起的是唯独在巴黎才吃得到的有名的莱茵鲤鱼，加的又是多么精致的作料！有些日子，邦斯想到包比诺伯爵府上的

厨娘，不由得叫一声："噢！莎菲！"过路人听了以为这好人在想他的情妇，哪知他想的东西比情妇还名贵得多，原来是一盘肥美的鲤鱼！沙司缸里盛着鲜明的沙司，舔在舌头上浓酽酽的，真有资格得蒙蒂翁奖金！过去那些名菜的回忆，使乐队指挥消瘦了很多，他害上了口腹的相思病。

（《邦斯舅舅》）

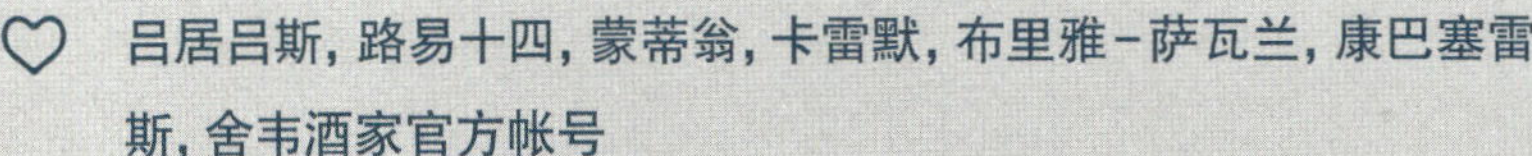

吕居吕斯，路易十四，蒙蒂翁，卡雷默，布里雅-萨瓦兰，康巴塞雷斯，舍韦酒家官方帐号

（法）巴尔扎克

餐后再喝一杯自炒、自磨、用夏普塔银壶自煮的摩卡、波旁和马提尼克岛的混合咖啡，那是只有最亲密的朋友才能受到的款待。雪芹阁下，约吗？

［清］曹雪芹

承情。我倒也有许多好茶，诸如枫露茶、普洱茶、女儿茶、六安茶、老君眉；更有那出在放春山遣香洞，以仙花灵叶上所带之宿露而烹的“千红一窟”，清香异味，纯美非常。

（法）巴尔扎克

对于中国的茶，我一向是顶礼膜拜的。给我上你们这儿最大的容器，来一海！

［清］曹雪芹

你虽吃的了，也没这些茶糟踏。岂不闻“一杯为品，二杯即是解渴的蠢物，三杯便是饮牛饮骡了”。你吃这一海，便成什么？（《红楼梦》第四十一回）

（法）巴尔扎克

那我一顿饭能吃144只牡蛎，算什么水平？

[清]曹雪芹

只能给我们配茄鲞的水平——

> 才下来的茄子把皮刨了，只要净肉，切成碎丁子，用鸡油炸了，再用鸡脯子肉并香菌，新笋，蘑菇，五香腐干，各色干果子，俱切成丁子，用鸡汤煨干，将香油一收，外加糟油一拌，盛在瓷罐子里封严，要吃时拿出来，用炒的鸡瓜一拌就是。
>
> （《红楼梦》第四十一回）

（法）雨果

雪芹阁下您就明说吧，做这道菜，到底要用多少只鸡……

（法）巴尔扎克

雨果让开，放着我来！

茄子的艺术的确怪不错的，但一向以吃闻名的我国也当仁不让啊！

> 在偏僻的外省，女人之中颇有些卡雷默一流的无名天才，会把普通的一盘刀豆做得叫人频频点头，像罗西尼听到完美的演奏一般。鲁杰医生把化学知识应用在烹饪方面。他发现要炒鸡子的味道特别好，就不能把蛋黄蛋青混在一起，像一般厨娘那样使劲乱打；他

要人先把蛋青打成泡沫，再逐渐加入蛋黄；炒的时候不能用平底锅，而要用瓷器或陶器的“卡涅”。卡涅是一种料子极厚的锅子，下面有四只脚，放在灶上有空气流通，不至于爆裂。

（《搅水女人》）

朋友圈小助手

还能不能愉快地交流了？我似乎闻到了火药味。

τ(°_J°)

[清]曹雪芹

我们的鸡除了给茄鲞做配料之外，还能做酸笋鸡皮汤、虾丸鸡皮汤、野鸡崽子汤、鸡油卷儿、鸡头、鸡瓜、鸡髓笋、烧的滚热的野鸡和野鸡瓜齑。

（法）雨果

好像有奇怪的东西混进去了，鸡头和鸡髓笋都不是鸡，我是知道的！不能这么欺负外国友人……

朋友圈小助手

雪芹先生不如趁势把《红楼梦》的菜名再说上三样儿五样儿的……

(¯﹁¯)

[清]曹雪芹

唔，有……玫瑰卤子，火腿燉肘子，豆腐皮的包子，酒酿清蒸鸭子，槟榔饽饽茶面子；枣泥馅的山药糕，枣儿熬的粳米粥，灵柏香薰的暹猪，腌的胭脂鹅脯；木樨清露，玫瑰清露，琼酥金脍，糖蒸酥酪，松穰鹅油卷，奶油松瓤卷酥，菱粉糕，桂花糖蒸新栗粉糕，洁粉梅片雪花洋糖，内造瓜仁油松穰月饼；螃蟹，红菱，鲜藕，鲜荔，鸭信，鹿脯，鹿肉，鹿舌，鲟鳇鱼，糟鹌鹑，鸽子蛋，风腌果子狸，牛乳蒸羊羔；碧粳粥，腊八粥，燕窝粥，江米粥，红稻米粥，鸭子肉粥；杏仁茶，普洱茶，女儿茶，六安茶，老君眉；惠泉酒，金谷酒，屠苏酒，绍兴酒，合欢花浸的酒；油盐炒枸杞芽，炒面筋，上用银丝挂面，火腿鲜笋汤，建莲红枣儿汤，法制紫姜，椒油莼齑酱；最后来一碗热腾腾碧荧荧蒸的绿畦香稻粳米饭，偶尔还喝点西洋葡萄酒。

(法)巴尔扎克

呃啊啊啊，感受到了满满的恶意！只能祭出泰伊番在儒贝尔街私邸的盛宴了！

> 桌布像新降的白雪那么洁白，桌上整齐对称地排列着餐具，每份餐具旁边堆着金黄色的小面包。水晶杯不断反射出彩虹般的星光，银烛高照，烛光交相辉映，盛在银盘里，用圆盖罩住的各色佳肴，既刺激食欲，又引起人们的好奇心。波尔多的白葡萄酒，勃艮第的红葡萄酒，大量倾注，完全见王宫里的气派。

这宴会的第一部分，就任何方面说，都可以和舞台上演出的一出古典悲剧的场面相媲美。……餐后果点像变戏法般上席，转眼之间便琳琅满目。餐桌上摆了一个巨大的雕花镀金青铜盘，这是托米尔工艺作坊的出品。还有许多高级美女雕像，是一位著名艺术家的精心杰作，它们的姿态之美达到了理想的程度，是欧洲所公认的。这些美女托着或捧着堆成金字塔型的草莓，菠萝，鲜椰枣，黄葡萄，金色蜜桃，从塞图巴尔运来的橙子，石榴，以及从中国运来的果品，总之，一切令人惊叹的珍品，各色精美绝伦的细点，最可口的美味甜食，最诱人的各色蜜饯。这些烹调术的奇迹，由各种珍馐美馔构成的色彩缤纷的图画，被瓷器的光彩，镀金器皿放射的光芒和刻花玻璃杯盘的闪光衬托得分外绚烂。碧绿轻盈，像大西洋的海藻般优美的苔藓，把塞夫勒瓷器上复制的普桑的风景画衬托得更加锦上添花。一位德国王子的领地收入也许还不够支付这种穷奢极侈的排场。白银、螺钿、黄金和水晶制的各种器皿，又用新的形式重新显示主人挥金如土的气魄；但是，这些宾客由于喝醉了酒，眼光迟钝，满嘴胡言，面对这一堪与东方故事里的仙境媲美的豪华场面，只有一种模糊的感觉。

（《驴皮记》）

[清]曹雪芹

东方故事里也并非尽是烈火烹油，鲜花着锦之盛。要知道，那不过是瞬间的繁华，一时的欢乐，万不可忘了“盛筵必散”的俗语。（《红楼梦》第十三回）我这里还有些小清新的闺阁宴饮琐事，或可适趣解闷：

一时湘云赢了宝玉，袭人赢了平儿，尤氏赢了鸳鸯，三个人限酒底酒面，湘云便说：“酒面要一句古文，一句旧诗，一句骨牌名，一句曲牌名，还要一句时宪书上的话，共总凑成一句话。酒底要关人事的果菜名。”众人听了，都笑说：“惟有他的令也比人唠叨，倒也有意思。”便催宝玉快说。宝玉笑道：“谁说过这个，也等想一想儿。”黛玉便道：“你多喝一钟，我替你说。”宝玉真个喝了酒，听黛玉说道：

“落霞与孤鹜齐飞，风急江天过雁哀，却是一只折足雁，叫的人九回肠，这是鸿雁来宾。”

说的大家笑了，说：“这一串子倒有些意思。”黛玉又拈了一个榛穰，说酒底道：

“榛子非关隔院砧，何来万户捣衣声。”

……

大家轮流乱划了一阵，这上面湘云又和宝琴对了手，……湘云的拳却输了，请酒面酒底。宝琴笑道：“请君入瓮。”大家笑起来，

说："这个典用的当。"湘云便说道：

"奔腾而砰湃，江间波浪兼天涌，须要铁锁缆孤舟，既遇着一江风，不宜出行。"

说的众人都笑了，说："好个诌断了肠子的。怪道他出这个令，故意惹人笑。"又听他说酒底。湘云吃了酒，拣了一块鸭肉呷口，忽见碗内有半个鸭头，遂拣了出来吃脑子。众人催他"别只顾吃，到底快说了"。湘云便用箸子举着说道：

"这鸭头不是那丫头，头上那讨桂花油。"

……

满厅中红飞翠舞，玉动珠摇，真是十分热闹。顽了一回，大家方起席散了一散，倏然不见了湘云……正说着，只见一个小丫头笑嘻嘻的走来："姑娘们快瞧云姑娘去，吃醉了图凉快，在山子后头一块青板石凳上睡着了。"众人听说，都笑道："快别吵嚷。"说着，都走来看时，果见湘云卧于山石僻处一个石凳子上，业经香梦沉酣，四面芍药花飞了一身，满头脸衣襟上皆是红香散乱，手中的扇子在地下，也半被落花埋了，一群蜂蝶闹穰穰的围着他，又用鲛帕包了一包芍药花瓣枕着。众人看了，又是爱，又是笑，忙上来推唤挽扶。湘云口内犹作睡语说酒令，唧唧嘟嘟说：

"泉香而酒冽，玉盏盛来琥珀光，直饮到

梅梢月上，醉扶归，却为宜会亲友。”

（《红楼梦》第六十二回）

（法）巴尔扎克

古文、诗词、骨牌、曲牌，时宪书里的话，桌上的果菜名，东方美人竟然都能拿来赋诗作为席间消遣，画风果然清新啊！巴黎的晚宴与之相比，要重口味得多。

泰伊番自夸能使他的宾客们活跃起来，于是叫人拿来罗讷省的烈酒，匈牙利的托凯伊葡萄酒和醉人的鲁西荣省陈酿。喝过这些酒之后，大家又不耐烦地等待香槟上席，酒到之后，就喝得更多了。受到香槟酒劲的鞭策，他们的思想就像驾驿车的驿马断了缰头似的奔向漫无边际的空谈里，但谁也不爱听，他们所讲述的故事没有听众，重复无数遍的询问更无人回答，各人都你说你的，我说我的。惟有纵酒狂饮在发出巨大的吼声，这声音由无数混乱的叫嚣构成，就像罗西尼的渐强乐曲，越奏越响。随后便是用诡计诱骗别人干杯，大吹牛皮，向别人挑战。大家都放弃用智能来彼此炫耀，而争着以酒量来称雄。

……

宴会穷奢极侈的排场，此刻在东道主奉献给他们的感官的最肉感的景象面前，不禁黯然失色了。……这是一群堪与苏丹后宫的宫女媲美的美女，她们能迷惑一切人的眼睛和满足各种奇特的情欲。在这个危险的聚会上这类女人是少不了的，在这里大放光彩的还有表面安详，骨子里却对自己的幸福很认真的意大利姑娘，体态健美的诺曼底富家女子和黑头发大眼睛的南方姑娘。你会以为这群姑娘是勒贝尔设法替主子弄进凡尔赛宫的美女哩。

……

这时候来仔细观察各个客厅的情景，就等于提前见到了弥尔顿的群魔殿。五味酒的蓝色火焰给还能喝酒的人脸上染上了阴森森的颜色。被一股野性的力量激发的疯狂的舞蹈，引起一阵阵像焰火的爆炸声般的狂笑和叫嚷。化装室和小客厅里，出现一派战场上的景色；摆满了死人和垂死的人。美酒，欢乐和谈笑构成热烘烘的气氛。

（《驴皮记》）

[清]曹雪芹

这皆是从胎里带来的一股热毒。该吃药了。

要春天开的白牡丹花蕊十二两，夏天开的白荷花蕊十二两，秋天的白芙蓉花蕊十二两，冬天的白梅花蕊十二两。将这四样花蕊，于次年春分这日晒干，和在末药一处，一齐研好。又要雨水这日的雨水十二钱，白露这日的露水十二钱，霜降这日的霜十二钱，小雪这日的雪十二钱。把这四样水调匀，和了药，再加十二钱蜂蜜，十二钱白糖，丸了龙眼大的丸子，盛在旧磁坛内，埋在花根底下。若发了病时，拿出来吃一丸，用十二分黄柏煎汤送下。

（《红楼梦》第七回）

（法）巴尔扎克

天朝连药都如此香甜可口，确实是在下输了……(..•˘_˘•..)

［清］曹雪芹

诶，巴兄这是说的哪里话！这两日在你书里也知晓了不少福朗思牙的风物，见数部小说之中，皆有一处酒家名曰“舍韦”，擅做鹅肝酱馅饼的，那滋味不知比起贾府的松穰鹅油卷来如何？还有什么好的，你定要带我挨次吃一遍才使得。(¯︶¯)

（法）巴尔扎克

求之不得！还要带你去吃富瓦咖啡馆的果汁冰淇淋和唐拉德铺子做的冷饮！（《查赛·皮罗托盛衰记》）

廣

怡红快绿

La Récréation

曹雪芹

分享了一个链接 学霸的桌游

探春道："我吃一杯，我是令官，也不用宣，只听我分派。"命取了令骰令盆来，"从琴妹掷起，挨下掷去，对了点的二人射覆"。宝琴一掷，是个三，岫烟宝玉等皆掷的不对，直到香菱方掷了一个三。宝琴笑道："只好室内生春，若说到外头去，可太没头绪了。"探春道："自然。三次不中者罚一杯。你覆，他射。"宝琴想了一想，说了个"老"字。香菱原生于这令，一时想不到，满室满席都不见有与"老"字相连的成语。湘云先听了，便也乱看，忽见门斗上贴着"红香圃"三个字，便知宝琴覆的是"吾不如老圃"的"圃"字。见香菱射不着，众人击鼓又催，便悄悄的拉香菱，教他说"药"字。黛玉偏看见了，说“快罚他，又在那里私相传递呢”。哄的众人都知道了，忙又罚了一杯，恨的湘云拿筷子敲黛玉的手。于是罚了香菱一杯。下则宝钗和探春对了点子。探春便覆了一个“人”字。宝钗笑道：“这个‘人’字泛的很。”探春笑道：“添一字，两覆一射也不泛了。”说着，便又说了一个“窗”字。宝钗一想，因见席上有鸡，便射着他是用“鸡窗”“鸡人”二典了，因射了一个“埘”字。探春知他射着，用了“鸡栖于埘”的典，二人一笑，各饮一口门杯。湘云等不得，早和宝玉“三”“五”乱叫，划起拳来。

（《红楼梦》第六十二回）

林黛玉，史湘云，贾宝玉，香菱，薛宝琴，贾探春，薛宝钗，李纨，袭人，芳官，碧痕，四儿，春燕，秋纹，晴雯，麝月

(法)巴尔扎克

哦我的老伙计……谁能给我讲讲这几位美人到底在说些什么！否则我只能和这位名叫湘云的小姑娘玩猜拳游戏了……

[春秋]孔子

吾不如老农，吾不如老圃。(《论语·子路》)

这种问题还需要我回答第三遍吗？樊迟真是个小人！

[南朝宋]刘义庆

"鸡窗"说的是萌宠帮助口吃病人康复的故事：

宋处宗尝买得一长鸣鸡，爱养甚至，恒笼著窗间；鸡遂作人语，与处宗谈论，极有言致，终日不辍。处宗因此言功大进。(《幽明录》)

[晋]宋处宗

明……明明是我和我的好鸡友不得不说的故事。

[汉]东方朔

咦，当年我和武帝玩的射覆，是猜盖在水盆下的壁虎。(《汉书·东方朔传》)后人想出"以典故猜典故"这等新奇玩法，也是万万没想到！

（法）巴尔扎克

说了半天，原来就是猜谜游戏吗？在我们那儿的家庭沙龙，也很常见呀：

年轻人此刻正在玩多义文字游戏：按每个人对下面三个问题的回答猜谜：

“您如何喜欢（他、她、它）？

您让（他、她、它）成为什么？

您把（他、她、它）放在何处？”

谁都知道，要想难倒一个自以为是的聪明人，最好的办法是选一个最普通的字，再配上些让沙龙里的俄狄浦斯也如坠五里云中的句子。

“玛尔（mal）”这个字被斯芬克司选中了，每个人都准备让您陷入窘境。这个字有许多涵义。作为名词，它的意思在美学上是“好”的反面；

作为名词，这个字还能引出千百个病理学的词组；

然后是同音的另外一个“玛尔（malle）”，即政府的邮车；

最后是指箱子，各式各样的箱子，有各色鬃毛，各样的皮，还有耳朵；它迅行如飞，因为它是运送旅行用品的—某个德利尔派人士会作如是谈。

斯芬克司正在对您这样一位有头脑的人

卖弄风情呢。它的翅膀张而复合，它对您显示它那雄狮的爪子，女人的胸脯，牝马的腰，聪明绝顶的头。它那神圣的头带摇来晃去，它停在地面，又腾空而飞，返而复往。它把令人觳觫的尾巴拖在地上，它让自己的爪子出尽风头，然后又把爪子收了回去。它笑容可掬，它坐立不安，它咕咕哝哝。它的眼睛像孩子一般欢快，又像德高望重的妇人一般威严。它嘲弄的神情尤为明显。

"我喜欢它出于相思。"

"我喜欢它是慢性的。"

"我喜欢它鬃毛浓密。"

"我喜欢它有暗簧。"

"我喜欢它有明锁。"

"我喜欢它是马拉的。"

"我喜欢它似乎来自上帝。"

"您怎么喜欢它呢？"您对您妻子说。

"我喜欢他是合法的。"

您妻子的回答让人莫名其妙，简直把您打发到满天星斗的九霄云外去了；在那里，众多的创造使您眼花缭乱，无法作出任何选择。

把（他、她、它）放在：

"车库里。"

"阁楼里。"

“汽船里。”

“人群里。”

“火车里。”

“苦役犯监狱里。”

“耳朵里。”

“商店里。”

您的妻子最后一个对您说：“我的床上。”

您猜出来了，但不知道用什么字合适，因为德夏尔太太不允许出现有伤风化的字眼。

您让（他、她、它）成为什么？

“我唯一的幸福，”您妻子说。她之前每个人都作了回答，这些回答使您作了语言方面的全部设想。

您妻子的回答使在座的人吃惊，尤其是您，因此，您毫不气馁地琢磨着这个回答的涵义。

您想到大冷天时您妻子放在脚下的用棉布包裹的热水瓶。

尤其是长柄暖床炉！……

她的便帽，

她的手帕，

她的卷发纸，

她衬衫的折边，

她的刺绣品，

她的短上衣，

您的围巾，

枕头，

您从上面找不到任何所需物品的床头桌。

总而言之，由于答问者最大的快乐是眼看他们的俄狄浦斯受愚弄，他们说的每一个被对方信以为真的字都让他们哄堂大笑。按游戏规则，您应该在交出一件抵押物以后回到客厅去，然而您对您妻子的回答感到如此困惑，您竟问起这个字来。

“玛尔！”一个小姑娘叫道。

您明白答案了，不过您妻子的回答除外：她没有按规则做游戏。

德夏尔太太和在座的年轻妇女都摸不着头脑。

有人作弊。

您很气愤，姑娘媳妇们也乱了起来。大家冥思苦想，绞尽脑汁。您要求说明，人人都表示了同样的愿望。

“您怎么理解这个字的意义的，亲爱的？”您问卡罗琳娜。

“怎么，是‘男人’呀！”

德夏尔太太抿紧嘴唇，露出极大的不满；年轻媳妇们红着脸低下了头；小姑娘们一个个睁大眼睛，互相碰碰胳膊肘，竭力支着耳朵听。

您呆在原处一动不动，您满嘴满喉全是盐……

（《夫妻生活的烦恼》）

（法）雨果

如果有读者和俄狄浦斯一样，也如坠五里云中的话，欢迎来到法国著名文人雨果的法语小讲堂：ㄟ(ﾟ‿ﾟ)

在法文里，mal，读音是“玛尔”，意思是“坏的”或者“病痛”；和mal同音的还有malle，意思是“箱子”、“邮车”；可巧的是，还有第三个读音为“玛尔”的词，就是mâle，意思是“雄性”，也就是这位卡罗琳娜口里所说的“男人”啦。

［清］曹雪芹

受教。雨果先生也可谓“一字师”了。

关于读音的游戏，我们另有牙牌令。令官把牌上的点子说出来，众人对一句押韵的诗词歌赋、成语俗话皆可。对不上的人就要罚他喝酒：

鸳鸯道：“如今我说骨牌副儿，从老太太起，顺领说下去，至刘姥姥止。比如我说一副儿，将这三张牌拆开，先说头一张，次说第二张，再说第三张，说完了，合成这一副儿的名字。无论诗词歌赋，成语俗话，比上一句，都要叶韵。错了的罚一杯。”众人笑道：“这个

令好，就说出来。”鸳鸯道：“有了一副了。左边是张‘天’。”贾母道：“头上有青天。”众人道：“好。”鸳鸯道：“当中是个‘五与六’。”贾母道：“六桥梅花香彻骨。”鸳鸯道：“剩得一张‘六与幺’。”贾母道：“一轮红日出云霄。”鸳鸯道：“凑成便是个‘蓬头鬼’。”贾母道：“这鬼抱住钟馗腿。”说完，大家笑说：“极妙。”贾母饮了一杯。鸳鸯又道：“有了一副。左边是个‘大长五’。”薛姨妈道：“梅花朵朵风前舞。”鸳鸯道：“右边还是个‘大五长’。”薛姨妈道：“十月梅花岭上香。”鸳鸯道：“当中‘二五’是杂七。”薛姨妈道：“织女牛郎会七夕。”鸳鸯道：“凑成‘二郎游五岳’。”薛姨妈道：“世人不及神仙乐。”说完，大家称赏，饮了酒。鸳鸯又道：“有了一副。左边‘长幺’两点明。”湘云道：“双悬日月照乾坤。”鸳鸯道：“右边‘长幺’两点明。”湘云道：“闲花落地听无声。”鸳鸯道：“中间还得‘幺四’来。”湘云道：“日边红杏倚云栽。”鸳鸯道：“凑成‘樱桃九熟’。”湘云道：“御园却被鸟衔出。”说完饮了一杯。鸳鸯道：“有了一副。左边是‘长三’。”宝钗道：“双双燕子语梁间。”鸳鸯道：“右边是‘三长’。”宝钗道：“水荇牵风翠带长。”鸳鸯道：“当中‘三六’九点在。”宝钗道：“三山半落青天外。”鸳鸯道：“凑成‘铁锁练孤舟’。”宝钗道：“处处风波处处愁。”说完饮毕。鸳鸯又道：“左边一个‘天’。”黛玉道：“良辰美景奈何天。”宝钗听了，回头看着他。黛玉只顾怕罚，也不理论。鸳鸯道：“中间‘锦屏’颜色俏。”黛玉道：“纱窗也没有红娘报。”鸳鸯道：“剩了‘二六’八点齐。”黛玉道：“双瞻玉座引朝仪。”鸳鸯道：“凑成‘篮子’好采花。”黛玉道：“仙杖香挑芍药花。”说完，饮了一口。鸳鸯道：“左边‘四五’成花九。”迎春道：“桃花带雨浓。”众人道：“该罚！错了韵，而且又不像。”迎春笑着饮了一口。原是凤姐儿和鸳鸯都要听刘姥姥的笑话，故意都令说错，都罚了。至王夫人，鸳鸯代说了个，下便该刘姥姥。刘姥姥道：“我们庄家人闲了，也常会几个人弄这个，但不如说的这么好听。少不得我也试一试。”众人都笑道：“容易说的。你只管说，不相干。”鸳鸯笑道：“左边‘四四’是个人。”刘姥姥听了，想了半日，说道：“是个庄家人罢。”众人哄堂笑了。贾母笑道：“说的好，就是这样说。”刘姥姥也笑道：“我们庄家人，不过是现成的本色，众位别笑。”鸳鸯道：“中间‘三四’绿配红。”刘姥姥道：“大火烧了毛毛虫。”众人笑道：“这是有的，还说你的本色。”鸳鸯道：“右边‘幺四’真好看。”刘姥姥道：“一个萝卜一头蒜。”众人又笑了。鸳鸯笑道：“凑成便是一枝花。”刘姥姥两只手比着，说道：“花儿落了结个大倭瓜。”众人大笑起来。

（《红楼梦》第四十回）

（法）巴尔扎克

中国人对诗的热爱当真超乎我的想像，竟然连玩牌时说的俏皮话都要押韵的吗？！还让不让人愉快地玩耍了……来轻松一下，试试我们的“穆士”吧：

穆士是一种扑克游戏，玩的时候每人发五张牌，另带一张翻牌。翻牌决定王牌的花头。轮到谁打牌，谁就说要或不要，完全听便。如果不要，只输自己下的注，因为只要篮子里没有存钱，每人押的注很小。如果要，就应该吃进，同时按赌注的总数赢得一定的比例。如果篮子里有五个苏，吃进一次牌就赢一个苏。不吃进，就被记入穆士：于是注的数目是多少，他就欠多少，待到下一圈将欠数放入篮子里。大家把欠的穆士记录下来，下一圈按所欠数目的多寡，由多到少，顺序放入篮内。轮着谁打牌的时候谁说弃权，就在这一圈中摊开自己的牌，并被视为局外人。

……

当篮子里的筹码太多的时候，大家总是开玩笑，说要套上牲口拖篮子，用牛拖，用象拖，用马拖，用驴拖，或用狗拖。这样的玩笑一年里要开上千次，但总觉得很新鲜，说了二十年，也没有人发觉这是重复的玩笑。套牲口拖篮子的建议总是把大家逗得乐起来。眼看别人把满满一篮子赢去，自己做了贡献而一个子儿也没赢的人所说的难过话也逗得大家很乐。……

每当神甫端篮子，德·庞奥埃尔小姐几乎总是指责他作弊。于是，神甫便说："奇怪，我挨罚的时候就不作弊了!"

（《贝阿特丽克丝》）

［清］曹雪芹

呵呵，巴兄莫急，我们的牌，自然也有用来玩输赢的，输了钱，和你们一样，也会说些"痛心疾首"的难过话：

凤姐听说，便站起来，拉着薛姨妈，回头指着贾母素日放钱的一个小木匣子笑道："姨妈瞧瞧，那个里头不知顽了我多少去了。这一吊钱顽不了半个时辰，那里头的钱就招手儿叫他了。只等把这一吊也叫进去了，牌也不用斗了，老祖宗的气也平了，又有正经事差我办去了。"话说未完，引的贾母众人笑个不住。偏有平儿怕钱不够，又送了一吊来。凤姐道："不用放在我跟前，也放在老太太的那一处罢。一齐叫进去倒省事，不用做两次，叫箱子里的钱费事。"贾母笑的手里的牌撒了一桌子，推着鸳鸯，叫："快撕他的嘴！"

（《红楼梦》第四十七回）

（法）巴尔扎克

哈哈哈哈，如果有幸和这位女士玩牌，我一定会像骑士和男爵那样发扬绅士风度的：

一八二五年九月的一天晚上，德·庞-奥埃尔小姐输了三十七个苏。这之后，大家订了一条公约：以后谁输了十个苏之后一旦表示不想再来，牌局便终止。可是，让一个人看着别人打穆士而心里难过，这在礼貌上是不允许的。凡是爱好都有其诡谲之处，骑士和男爵这两位政治家找到了回避公约的办法。当大家都强烈希望把热闹的牌局继续下去时，如果德·庞-奥埃尔小姐或泽菲丽娜小姐已经输了五个苏，豪爽的杜·阿尔嘉骑士总是奉送十个筹码给她们，条件是如果她们赢了就得还。这位大手大脚的老光棍，别人不花的钱，他肯花。也只有老光棍可以放肆地向小姐们献这种殷勤。

（《贝阿特丽克丝》）

王熙凤

几时叫他输在我的手里，他才知道我的手段！=_,=

图书在版编目(CIP)数据

曹雪芹走进了巴尔扎克的朋友圈 / 闵捷编著. —上海：上海古籍出版社，2015.8
(咖啡与茶)
ISBN 978-7-5325-7740-8

Ⅰ.①曹… Ⅱ.①闵… Ⅲ.①曹雪芹—小说研究②巴尔扎克,H. D. (1799～1850)—小说研究 Ⅳ.①I207.411②I565.074

中国版本图书馆 CIP 数据核字(2015)第 172300 号

咖啡与茶
曹雪芹走进了巴尔扎克的朋友圈
闵 捷 编著

上海世纪出版股份有限公司
上海古籍出版社
出版发行
(上海瑞金二路 272 号 邮政编码 200020)
(1) 网址：www.guji.com.cn
(2) E-mail：guji1@guji.com.cn
(3) 易文网网址：www.ewen.co

发行经销 上海世纪出版股份有限公司发行中心
制版印刷 上海丽佳制版印刷有限公司
开本 889×1194 1/36
印张 4 插页 1 字数 100,000
印数 1-5,300
版次 2015 年 8 月第 1 版
2015 年 8 月第 1 次印刷
ISBN 978-7-5325-7740-8/G·621
定价 29.00 元